"네, 전쟁을 끝내야겠습니다.
제국군을 완전히 소멸시켜서!"

the War ends the world /
raises the world

너와 나의 최후의 전장, 혹은 세계가 시작되는 성전 7

기싱 조아 네뷸리스 9세
Kissing Zoa Nebulis IX

네뷸리스 3대 혈족 중 하나인 조아 가문의
비밀 병기. 「가시」의 성령을 지닌 순혈종.
탑의 탑 공중회랑에서 사도성과 맞서 싸운다.

──너와 나의 성전을, 바라고 있었는데.

이스카
Iska
제국군 제907부대에 소속된 전직 사도성인 소
년 검사. 일리티아의 계략에 빠져 루 가문의 별
장에 갇혔고, 지금은 시스벨을 노리는 탈리스만
과 싸우는 중……?!

"왜! 어째서?!
나는······ 이런식으로
너와 싸우고 싶지 않았어!"

앨리스리제 루
네뷸리스 9세
Aliceliese Lou Nebulis IX

네뷸리스 황청의 제2왕녀.
여동생 시스벨을 걱정해서 별장으로 갔다가.
제국군의 습격 소식을 듣고 왕궁으로
서둘러 달려가는데······?!

"그건 이미 익숙해

사도성이 그렇게 대꾸하더니
검은 테 안경을 벗었다.
얇은 렌즈 너머로도
영리하게 빛나던 눈빛이
한층 더 강해진 것은,
가면 경의 착각이 아닐 것이다.

"이번이
네 번째 스물두 살이니까요."

## 리샤 인 엠파이어
Risya In Empire

「천제의 참모」 사도성 제5위. 미스미스와
동기인데 도통 정체를 알 수 없는 인물이다.
여왕궁에서 조아 가문의 참모 온과 대치한다.

너와 나의 최후의
전장, 혹은
세계가 시작되는

the War ends the world /
raises the world

# 성전

**7**

사자네 케이 지음

한수진 옮김

커버 그림, 본문 일러스트 | **네코나베 아오**

# 너와 나의 최후의 전장,
# 혹은 세계가 시작되는 성전 7

the War ends the world /
raises the world

*deus So Ee suo Sez et heckt Eeo ?*
내가 당신들을 거부했다고 생각해?

*van Eez d-kfen uc phanisis getie.*
당신들이 자신의 나약함에 겁먹고 있을 뿐이야.

*Shie-la So xedelis. Sew ele olfey tis-lisya-Ye-harp.*
떠올려봐. 나는 항상 당신들을 사랑하면서 키워왔어.

별의 탑

## 일리티아 루 네뷸리스 9세

네뷸리스 황청의 제1왕녀. 루 가문 세 자매의 장녀. 가장 약한 순혈종으로 알려진 공주님.

— 여왕궁 —

## 네뷸리스 8세

여왕. 앨리스를 비롯한 세 자매의 어머니. 초월의 샐린저와의 관계는?

## 요하임

「순(瞬)」의 기사. 사도성 제1위.

달의 탑

— 공중회랑 —

## 키싱

조아 가문의 비밀 병기. 「가시」의 순혈종.

## 메이

「쏟아지는 폭풍우」. 사도성 제3위.

## 그로울리

네뷸리스 3대 혈족 중 하나인 「달(조아)」의 당주.

## 네임리스

「보이지 않는 신의 손」. 사도성 제8위.

— 공중정원 —

## 온

가면 경. 조아 가문의 당주 대리.

## 리샤

「천제의 참모」. 사도성 제5위.

태양의 탑

— 별장에서 왕궁으로 이동 중 —

## 앨리스리제 루 네뷸리스 9세

네뷸리스 황청의 제2왕녀. 얼음을 다루는 황청 최강 성령술사. 제국에서는 「빙화의 마녀」라고 불리는 공포의 대상. 전장에서 만난 제국 검사 이스카를 특별히 라이벌로 여긴다.

## 린 뷔스포즈

앨리스의 시종. 흙의 성령술사. 가정부 같은 옷 아래에 암기를 숨기고 다니는 유능한 전투원인데, 가슴 크기 때문에 은근히 고민 중.

(침입한 사도성 없음)

# 「루 가문의 별장 : 루-에르츠 궁전」

## 미스미스 클라스
제907부대 대장. 몸집이 작고 동안이라 청소년처럼 보여도 실은 어엿한 성인 여성. 덜렁이지만 책임감이 강하고, 부하들에게도 신뢰를 받고 있다. 볼텍스에 빠지는 바람에 마녀로 변했다.

## 진 슐라건
제907부대 저격수. 부대 최고의 저격 솜씨를 자랑한다. 이스카와 같은 스승님 밑에서 동문수학한 질긴 인연의 소유자. 성격은 차갑고 냉소적이지만, 동료를 아끼는 마음은 뜨겁다.

## 네네 알카스토네
제907부대 기계 기술자 겸 통신사. 아득히 높은 곳에서 철갑탄을 발사하는 위성 병기를 가지고 있다(병기 개발부가 시험용으로 맡긴 것). 이스카와 진을 친오빠처럼 잘 따르는 천진난만한 소녀.

## 시스벨 루 네뷸리스 9세
네뷸리스 황청의 제3왕녀. 앨리스의 여동생. 1년 전 제국에 붙잡혔다가 이스카 덕분에 해방됐다. 과거를 보여주는 등불의 성령을 지니고 있어서 히드라 가문의 표적이 되었다.

별장 2층
(히드라 가문의 자객을 피해 도주 중)

별장 1층 (전투 중)

## 이스카
흑강의 후계자. 제국군 인류 방위기구, 기구 Ⅲ사(師) 제907부대에 소속된 제국 검사. 1년 전 제국군의 최고 전력인 「사도성」 자리에까지 올랐지만, 마녀(시스벨)를 탈옥시킨 죄로 그 자격을 박탈당했다. 시스벨을 노리는 탈리스만과 별장 1층에서 전투 중.

## 탈리스만
네뷸리스 3대 혈족 중 하나인 「태양(히드라)」의 당주이자 여왕 암살 계획의 주모자. 온화한 태도 및 표정과는 정반대로 매우 호전적인 아수라 같은 본성을 숨기고 있다. 시스벨을 납치하기 위해 루 가문의 별장을 습격했다.

the War ends the world / raises the world

# CONTENTS

# Prologue
## 『천제 융메룽겐』

the War ends the world /
raises the world

단일 요새 영역 「천제국」.

세계 최대의 영토를 보유한 이 나라의 통치는 전부 다 이 제도에서 이루어진다.

법안 자체는 제국 의회가 하지만 군사 방침은 군사령부가 책정하고, 천제에게 「품의」를 함으로써 그것이 성립된다.

이를 위한 장소가 천주부(天主府).

제도의 가장 오래된 건물(탑)의 최상층에 있는 「비상비비상천(非想非非想天)」에서——.

"각하께 보고 드립니다. 네뷸리스 왕궁을 향해 포격을 개시했습니다."

「…………」

"별의 요새로 이름난 네뷸리스 왕궁. 침입에 성공한 부대도 정예라고는 하나, 완전히 공략하기는 어려울 테지요."

보고하는 사람은 콧수염을 기른 건장한 군복 차림의 남자였다.

이 나라에서 그를 모르는 사람은 없을 것이다. 이 남자가 바로 천제 융메룽겐——이라고 국민은 굳게 믿고 있었다.

"슬슬 30분이 다 되어 갑니다."

「……그래서?」

"화재와 밤의 어둠을 이용해, 사도성 네 명이 네뷸리스 왕궁 침입에 성공했습니다."

제국의 국가 행사에 등장하는「천제」는 이 위엄 있는 콧수염 사나이다.

그러나 사실 그는——.

얇은 커튼 안쪽에 있는 진짜 천제를 대신하는 대역에 불과했다.

"사도성 세 명. 리샤, 메이, 네임리스는 각각 시조의 말예를 발견. 제거하기 위해 전투를 개시했다고 합니다."

「요하임은?」

"여왕의 방을 목표로 단독행동 중입니다만, 연락이 끊긴 이후로 15분이 지났습니다. 어쩌면 적에게 당했을지도 모릅니다."

「……혹은 이미 여왕과 싸우고 있을지도 모르지.」

커튼 안쪽에서 전해져온 것은 노인의 쉰 목소리였다.

병상에 누워 당장이라도 숨이 끊어질 것 같은 사람의 마지막 숨결을 연상시키는 소리.

「팔대사도도 참 문제야.」

얇은 커튼 너머.

촛불 빛을 받은 것처럼 천제의 그림자가 일렁일렁 흔들거렸다.

이어서 희미한 한숨 소리가 들렸다.

「시조 네뷸리스가 잠들어 있는 동안에 왕궁을 공격한다. 목적은 순혈종을 포획하는 것일 텐데, 그러다가 시조가 눈을 뜨면 모든 분노가 천제인 나에게 쏟아질 테지.」

"그럴 겁니다."

「시조는 앞으로 좀 더 잠들어 있었으면 좋겠군.」

또다시 얇은 천 너머에서 한숨이 새어 나왔다.

──보고 종료.

우선 대역을 모시는 두 명의 비서들이 인사하고 퇴실했다. 천제의 방에는 그의 대역인 중년 남성만 남았다.

침묵.

쥐 죽은 듯이 고요해진 「비상비비상천」의 방.

"그런데 각하."

대역이 흠 하고 헛기침한 뒤에 말했다.

"조금 사적인 이야기를 해도 될까요. 최근에 제도의 번화가에 몰래 나가보셨습니까?"

커튼 너머를 바라보는 대역.

그곳에 비쳐 보이는 천제의 그림자를 응시하면서.

"1번가에서 소문이 돌더군요. 어느 날 밤에 소녀가 기묘한 짐승을 봤다고 경비대에 신고한 모양입니다. 은색 여우 같은 짐승이 두 발로 걷고 있었다고요."

「──────.」

"경솔한 산책은 부디 자제해주시길 바란다고 전에 말씀드렸을 텐데요?"

**「응~? 글쎄, 그런 말을 들었던가?」**

목소리가 확 바뀌었다.

웃음을 참는 것처럼 들뜬, 밝은 보이 소프라노 음성.

「뭐, 네가 그렇다고 하면 그런 거겠지. 너는 기억력이 좋으니까.」

촥 하고 커튼이 열렸다. 그 너머에는――.

쿡쿡거리며 웃는 은색 수인(獸人)이 있었다.

그는 골풀로 된 다다미 바닥 위에 능숙하게 양반다리를 하고 앉아 있었다.

양손의 손가락은 인간처럼 갈라져 있었지만, 이족 보행을 하는 양발은 평범한 여우 다리였다.

그러나 완벽한 여우인 것도 아니었다. 몸통은 여우인데 얼굴만은 마치 인간 같았다.

――즉, 수인.

동화 속의 세계에만 존재하는 괴물이 유쾌하게 웃고 있었다.

"…………."

그러나 대역은 동요하지 않았다.

왜냐하면 이 은색 수인이 바로 자신의 주인이기 때문이다.

「후후, 옛 생각이 나네.」

**천제 융메룽겐**이 신나게 말했다.

이 세계 최대 군사 국가의 상징이.

「30년 전이었나. 똑같이 멜른의 모습을 보고 엉엉 울면서 달아난 남자애가 있었지?」

"네. 그때의 공포는 지금도 기억합니다."

진지하게 고개를 끄덕이는 수염 난 대역.

"각하를 목격한 소녀도 상당히 겁을 먹었을 겁니다."

「이것도 별의 운명이야. 30년 전의 그 꼬마가 지금은 어엿한 천제의 대역이 되었고. 멋 부린답시고 수염까지 기르고 이렇게 멜른과 이야기하고 있잖아. 나쁘지 않은 인생 아냐?」

"…………."

「10대 대역은 그 소녀로 할까? 10년 후에나 그렇게 될 테지만.」

여우 같은 탐스러운 꼬리를 살랑거리면서 수인이 즐겁게 허공을 쳐다봤다.

예로부터——

시조 네뷸리스가 반기를 든 것은 100년 전.

천제라는 지위는 그보다도 더 오래전부터 존재했고, 제국 국민은 모르는「천상전하(天上轉下)의 식(式)」이란 걸 통해 지위가 계승되어 왔다.

그런 역사의 이면에서 실제로 바뀐 것은 오직 대역뿐.

——정점은 바뀌지 않는다.

자신을「멜른」이라고 부르는 이 천제는 항상 제국의 정점에 군림해왔다.

「벌써 몇 번이나 이야기했지만.」

은색 수인이 인간과 똑같이 생긴 손을 허공으로 내밀었다.

여우 같기도 하고 늑대 같기도 한, 모피로 감싸인 그 팔을.

「별의 심층부에서 태어난 성령은 매우 강해. 그 에너지는 생명을 더 높은 차원으로 올려주는 거야.」

"그 모습이 그것입니까?"

「응? 지금은 멜른 이야기를 하는 게 아닌데.」

천제는 입꼬리를 끌어올려 히죽 웃었다.

늑대같이 날카로운 엄니를 슬쩍 보여주면서.

「시조 이외의「마녀」가 말이지, 네뷸리스 황청에서 새로 태어난 것 같아. 이번 황청 습격에 일부러 리샤를 참가시킨 것은 그것을 조사하기 위해서야. 샐린저(초월의 마인)에게도 그 정보를 슬쩍 흘리긴 했는데.」

"피험자 E 말씀이십니까."

「이번 제국군의 습격으로 아마도 모습을 드러낼 거야. 뭐, 그건 그렇고.」

은색 수인이 천장을 우러러보고 한동안 묵고를 했다.

「……난감해. 지금 실시간으로 제국이 네뷸리스 왕궁을 습격하고 있는 거잖아? 시조가 눈을 뜨면 틀림없이 멜른을 원망할 거야. 물론 팔대사도를 막지 않았다는 것은 인정하지만. 귀찮은걸.」

어쩔 수 없다는 듯이 어깨를 으쓱했다.

그 동작도 그렇고 한숨짓는 방식도 그렇고, 이 은색 수인은 모든 것이 인간과 똑같았다.

「시조 네뷸리스──.」

음성에 깃드는 위압감.

사나운 짐승의 일면이 거기서 확실하게 배어났다.

「네가 깨지 않는 꿈을 꾸는 동안에 너의 나라는 변해버릴 테지. 제국이 아니야. 너의 말예가 스스로 전쟁을 원한 거야.」

# Chapter.1

# 『마녀사냥의 밤 : 전장』

the War ends the world /
raises the world

# 1

네뷸리스 왕궁——.

시조의 말예가 사는 성은 과거에 제국군이 한 번도 침입에 성공한 적이 없는 철벽 방어를 자랑하는 장소였다.

이곳은 별의 요새.

고대의 성령술에 의해 무수한 성령이 모여서 결정화된 것. 칠흑의 밤하늘을 등에 지고 산호초처럼 선명하게 빛나면서 지상 위에 우뚝 서 있는 존재.

그 성이 불타고 있었다.

솟구치는 화염의 불똥이 잔디밭 위에 흩어져 불이 번진다.

성의 외벽을 태우는 불길은 약해지기는커녕 점점 더 맹렬하게 활활 타올랐다.

"린, 서둘러!"

그리고 지금.

왕족 전용차 창문을 통해 밖을 쳐다보는 앨리스의 눈앞에서, 네뷸리스 왕궁의 탑들을 이어주는 공중회랑「달의 관(冠)」이 요란하게 무너지는 소리를 내면서 낙하했다.

"……어떻게 이런 일이."

수백 톤이나 되는 잔해들이 하늘에서 지상으로 떨어졌다.

그 잔해의 낙하지점에 성령 부대가 있었다면 얼마나 끔찍한 피해가 생겼을까.

"앨리스 님, 걱정 마세요. 저건 일부러 저렇게 만든 겁니다."

운전석에서 핸들을 잡은 린이 재빨리 그렇게 설명했다.

"저 공중회랑은 처음부터 끊어낼 수 있게 설계되어 있었습니다. 제국군이 성에 침입했을 때에도 가장 중요한 여왕궁에 도달하지 못하도록요. 성의 방어 시스템이 정상적으로 작동하고 있다는 뜻이니까 오히려 낭보라고 할 수 있어요."

"…………."

하지만, 린?

그건 도마뱀이 자기 꼬리를 미끼로 쓰려고 잘라내는 거잖아?

──속으로 그런 질문을 던졌다.

생명을 지키기 위해 다소의 희생은 감수한다. 그 정도로 궁지에 몰렸다는 사실을 제국군에게 가르쳐주는 거나 마찬가지가 아닌가.

"그보다도 이 화재가 문제입니다. 적들이 설마 격리된 연료 탱크를 포격한 걸까요……?"

린이 어금니를 깨물었다.

빠직.

바로 그때, 왕족 전용차의 앞 유리에 작은 구멍이 뚫렸다.

저격?

상대가 이 자동차를 노리고 전용 관통탄으로 저격했다면, 그다음은——.

"린, 탈출해!"

뒷좌석 문을 열자마자 미끄러지듯이 앨리스는 몸을 밖으로 던졌다.

운전석에서도 린이 탈출했다.

두 사람이 어두운 잔디밭 위로 굴러 나온 순간, 그들이 타고 있던 왕족 전용차가 소이탄을 맞아 화르르 타올랐다.

"역시 그랬구나. 적이 어둠 속에 숨어서 공격하고 있어!"

"앨리스 님은 제 뒤를 따라오세요. 부지에 얼마나 많은 제국 병사가 숨어 있을지 모릅니다! 유탄도 조심하세요!"

화염이 터지는 소리를 뒤집어쓰면서 린이 부지 안쪽으로 달려가기 시작했다.

그 뒤를 따라가는 앨리스.

——목적지는 여왕궁.

어머니인 여왕 네뷸리스 8세가 있는 탑이었다.

"앨리스 님, 무사하셨습니까?!"

앨리스의 존재를 눈치챈 성령 부대가 잇따라 이쪽을 돌아봤다.

맹렬한 불꽃으로 물든 이 밤의 어둠 속에 떠오른 순백색 앨리스의 드레스. 그 모습은 지금이 전투 중이란 사실조차 잊고 멍하니 바라볼 정도로 아름다웠다.

그리고 눈에 띄었다.

네뷸리스 직계 후손의 현란한 전용 의상은 바로 이런 전투 상황에서 부하들이 한눈에 알아보기 위해 존재하는 것이었다.

"현재 상황을 아는 범위 내에서 알려줘."

"네! 여왕궁 방어를 최우선으로 하고 있습니다. 비전투원은 각 탑의 지하 대피소로 대피 완료했습니다."

"지하 대피소에 대한 공격은?"

"경미합니다. 대피소에 배치된 성령 부대로도 충분히 막아내고 있으며, 또 히드라 가문의 사병이 각 탑의 지하 대피소에도 도와주러 갔다는 보고를 받았습니다."

"……탈리스만 경에게 감사해야겠군."

그렇다면 급한 문제는 이제 두 개 남았다.

여왕의 안전을 확인하는 것이 제1과제.

그리고 점점 퍼져나가는 이 불이 문제다. 이대로 불길이 계속 거세지면 왕궁 부지 밖의 시가지까지 피해가 퍼질 것이다.

"앨리스 님, 서둘러주세요. 어서 여왕 폐하가 계신 곳으로 가십시오!"

숨을 헉헉거리면서 뛰어오는 성령 부대원 몇 명.

"여긴 저희가──."

"안 돼, 멈춰!"

그들의 바로 옆에서.

고개를 젖혀 우러러봐야 할 정도로 거대한 불덩어리가 성령 부대를 덮치듯이 펑 터졌다.

──성령의 자동 방어.

앨리스의 성령이 엄청난 화염을 감지하고 벽을 형성했다. 그러나 그 한순간에는 두께가 겨우 몇 밀리미터밖에 안 되는 얇은 얼음 막을 만드는 것이 고작이었다.

"크……으윽?!"

"다들 괜찮아?!"

얼음벽을 통과한 폭풍이 무자비하게 성령 부대를 덮쳤다.

내열 전투복이라도 폭풍의 파괴력까지 흡수해주진 못한다. 앨리스가 손을 뻗었지만 이미 늦었다. 등에 화상을 입은 부하들이 털썩 바닥에 쓰러졌다.

"앨리스 님, 안 다치셨어요?!"

"나보다는 이 네 명이 문제야. ……구호반, 구호반 어디 있어?! 빨리!"

린을 무시하고 큰 소리로 외쳤다.

그러나 실은 알고 있었다.

**구호반이 올 리가 없었다.** 쓰러진 네 명과 비슷한 피해자들이 왕궁 여기저기서 생겨나고 있었으므로.

"린, 골렘을 꺼내. 이 네 명을 루 가문의 지하 대피소로 옮겨줘.

거기라면 의사도 있을 거야. 나는 여기서 기다릴게."

"네?! 하오나, 앨리스 님——."

린이 머뭇거렸다.

지금 최우선 과제는 여왕궁으로 가는 것. 여기서 쓰러진 부하들을 버리는 게 옳은 선택이다.

"난 지금 냉정해. ……냉정해지려고 애쓰고 있어."

어금니를 꽉 깨물고 앨리스는 천천히 고개를 옆으로 흔들었다.

"어마마마 곁에는 호위병이 있어. 여왕궁의 방어는 완벽할 테니까, 오히려 가장 피해가 심각한 곳은 여기야."

"…………."

"넌 15분 안에 돌아와. 그동안 나는 불을 끌 테니까."

"네, 명령에 따르겠습니다."

꾸벅 인사하는 린의 등 뒤에서 지면이 솟구쳤다.

거대한 골렘이 나타나서 바닥에 쓰러진 네 명을 안아 들었다.

"정확히 15분 후 돌아올 예정이지만, 제국 병사가 방해할지도 모릅니다. 저의 귀환이 1분이라도 늦어지면 앨리스 님은 먼저 여왕궁으로 가주세요."

린과 골렘은 불티 날리는 밤의 어둠을 가르고 뛰어갔다.

15분——.

문제없을 것이다. 그렇게 자기 자신을 설득하면서 앨리스는 숨을 내쉬었다.

……괜찮아. 내 판단은 잘못되지 않았을 거야.

……아무리 사도성이 대단해도 이렇게 단시간 내에 여왕궁 안까지 침입하지는 못할 거야.

　이스카라도, 네임리스라도.

　앨리스가 아는 제국의 사도성들은 하나같이 무시무시한 정예 병이지만, 네뷸리스 왕궁은 과거에 성령이 만들어낸 「살아 있는 미궁」이다.

　탑의 구조를 모르는 사람은 절대로 여왕의 방에 도달하지 못한다.

　"성령 부대, 모두 잘 들어!"

　불꽃이 터지는 소리에 지지 않을 정도로 앨리스는 목청이 터지도록 외쳤다.

　"내 성령술로 이곳의 불을 단번에 끌 거야. 위험하니까 당장 내 뒤로 후퇴해!"

　바깥에 남아서 진화 작업을 우선한 이 행동이,

　그 선택이──

　잘못된 것이었다고 나중에 후회하리란 것을 앨리스는 아직 몰랐다.

## 2

　네뷸리스 황청, 중앙주──.

　평화로운 들판과 삼림. 머나먼 지평선에 길게 드러누운 눈 덮인 산맥이 보이는 교외.

여왕 네뷸리스 8세가 가주인 루 가문의 별장이 이곳에 있었다.

루–에르츠 궁전.

아득할 정도로 광대한 부지를 소유하고 있는 아름다운 하얀색 고성이었다.

외관은 건축 당시와 같았지만, 감시 장치가 된 자동문을 비롯한 내부 구조의 대부분은 최신 기계 설비로 교체되어 있었다.

그 성이 지금 무너지기 직전이었다.

1층 홀의 천장은 이미 무너져 내렸고, 사방의 벽에 커다란 구멍이 뚫려 있었다.

그리고 2층.

루–에르츠 궁전 회랑에는 요란한 총성이 단속적으로 울려 퍼지고 있었다.

"또 들켰나……?! 보스, 네네, 이쪽이야!"

포화의 틈새를 노려 소리쳤다.

제907부대 동료들 두 명에게 그렇게 전달하자마자 은발 저격수——진은 자기 옆에 붙어 있던 소녀의 손을 꽉 잡았다.

"꺅?!"

"튀자. 다음에 숨을 수 있는 곳은 어디야?"

"저, 저 안쪽이에요!"

손을 잡은 시스벨과 함께 뛰었다.

애교 있는 커다란 눈동자와 윤기 나는 불그스름한 금발 머리. 가볍게 상기된 뺨과 입술은 긴장했는데도 사랑스러웠다.

나이는 14~15세 정도일까.

정확한 나이는 모른다. 제국 병사인 진에게는 필요 없는 정보였다. 상대는 단순한 호위 대상일 뿐. 심지어 이 소녀는 마녀였다.

이곳이 전장이었다면 인정사정없이 총구를 겨눴을 상대인데…….

지금만은 예외였다. 호위라는 이름의 전략적 호혜(互惠)가 존재하므로.

"이 녀석을 네뷸리스 왕궁까지 데려간다. 그 대가로 우리는 마녀가 된 보스의 성문(星紋)을 숨겨줄 밴드를 받는다……. 흥, 각오는 했지만, 정말 목숨을 걸어야 하는 일이군."

"바, 방금 무슨 말 했어요?!"

"아무 말도 안 했어. 넌 머리 숙이고 뛰기나 해. 유탄에 실수로 맞기라도 하면 그냥 다치는 정도로 끝나진 않을 테니까."

시스벨과 나란히 달리면서 진이 말했다.

적은 제국군으로 위장한 히드라 가문의 성령 부대다.

여왕을 노리는 쿠데타의 주모자가 히드라 가문이라는 진실이, 시스벨의 「등불」의 성령에 의해 밝혀지기 전에 입막음한다——.

그런 목적으로 자객들이 저택을 습격해온 것이다.

"이봐, 네 성령술로 어떻게 해볼 수 없어? 저놈들을 한꺼번에 싹 날려버린다거나?"

"그게 가능했으면 애초에 호위병을 고용하지도 않았을 거예요!"

"그래, 그럼 이 저택의 고용인들은?"

"요리사도 정원사도 전투력은 거의 없어요. 시종도 자기 몸을 지키는 게 고작일 겁니다. 숨어 있지 않으면 피해가 더 심해질 뿐이에요!"

거의 소리 지르듯이 대답하는 시스벨.

전력 차이는 명백했다.

복도를 따라 추적해오는 적은 전원 성령술사이고, 덤으로 제국군의 장비로 무장하고 있었다. 한편 진 일행의 수중에는 호신용 무기밖에 없었다.

"다, 당신은 총을 가지고 있잖아요?!"

"내 총은 저격용이야. 이런 실내의 혼전에서는 저격할 여유도 없어. 게다가 탄환의 수도 정해져 있으니까 적병을 모조리 해치우는 것은 불가능해."

노린다면 지휘관을 노려야 한다.

즉, 당주 탈리스만을 저격해야 하는데. 그놈은 1층에서 이스카가 붙잡아놓고 있었다. 지금 진이 우선시해야 할 것은 호위 대상의 안전 확보다.

"한동안 술래잡기나 계속해야겠군."

"아…… 그, 그런데, 도망치는 것이 목적이라면, 저의 성령으로 시간은 벌 수 있을지도 몰라요."

"진짜야?"

"두 번은 안 통해요. 일회용 속임수입니다."

시스벨이 가슴에 손을 대고 힘차게 뒤로 돌아섰다.

쫓아오는 자객들을 향해.

"──별이여, 그대의 과거를 보여줘."

가슴의 성문에서 빛나는 성령 에너지.

그 빛이 극도로 정교한 입체영상으로 구현되어 히드라 가문 자객들의 앞을 가로막았다.

열 명이 넘는 제국 부대가 되어서.

"앗?!"

돌연 등장한 제국 병사 앞에서 히드라 가문의 자객들은 즉시 임전 태세를 갖췄다. 그 순간 그들은 떠올렸다. 제907부대 이외의 제국 병사가 이 저택에 있었을 가능성을.

그것이──**제국 병사로 위장한 자기들의 모습인 줄도 모르고.**

"쳇, 제국 병사는 네 명밖에 없다더니……."

"더 숨어 있었나!"

연이어 총을 발사했다.

물론 입체영상을 쏴봤자 총알은 그냥 통과한다. 이것이 시스벨의 성령술이란 사실을 자객들이 눈치채는 것과 거의 동시에 진일행은 계단 그늘 속으로 잽싸게 들어갔다.

"보스, 저쪽은 어때?"

"아, 아마 괜찮을 거야. 방금 그걸로 우리의 위치를 놓쳤을 테니까⋯⋯!"

멀리서 나는 발소리에 귀를 기울이는 미스미스 대장.

그 옆에서 시스벨이 거칠게 숨을 몰아쉬며 바닥에 주저앉았다.

"헉⋯⋯, 헉⋯⋯ 어, 어때요? 적들을 잘 속였죠?"

"네 성령술은 환각도 보여주는 거야?"

"환각이 아닙니다. 저 자객들이 쳐들어온 최초의 습격 현장을 재현한 거예요. 몇 분 전에 이 저택에서 일어난 일입니다."

시스벨이 땀을 닦았다.

"눈앞에 제국 병사가 나타나 총을 겨누면 황청 사람은 당연히 동요할 테지요. 제국군 장비를 갖추고 있으니까 그들도 깜짝 놀랄 수밖에 없어요."

"과연, 확실히 한 번은 속일 수 있겠네. 두 번은 안 통할 테지만."

진은 맞장구를 치더니 층계참을 노려봤다.

이곳은 고성의 2층.

1층에는 히드라 가문의 당주 탈리스만이 있는데, 이스카가 그를 막아내고 있었다.

3층에는 시스벨의 방이 있다. 그곳에는 히드라 가문의 자객이 매복했을 가능성이 컸다.

"어쨌든 이 저택에서 탈출하지 않으면 적에게 포위당할 거야. 음, 혹시 2층에서라도 밑으로 뛰어내릴 수 있는 장소는 없어?"

"윽⋯⋯ 자⋯⋯ 잠깐⋯⋯만요."

"어, 그래. 말하지 마. 들키기 전까지는 여기서 시간을 벌자."

극도의 긴장에 의한 쇼크 상태.

총을 든 적에게 추격당하면서 여기까지 왔다. 그것도 자신의 별장에서. 또 상대는 같은 왕가의 일족이었다. 오히려 이렇게 버티는 것이 용했다.

"굳이 마녀를 칭찬해줄 생각은 없지만."

"네?"

"아냐, 됐어. 아무튼 조용히 잘 들어. 「아니다」 싶은 경우에만 고개를 옆으로 흔들면 돼."

"————."

"일단 상황을 확인해보자. 보다시피 너는 쫓기고 있어. 현 여왕의 혈족과 대립하는 히드라 가문이 너를 붙잡으려고 해서. 그 이유는 너의 성령. 그렇지?"

시스벨에게 깃든 등불의 성령은 과거를 입체영상으로 재현한다.

어떤 흉악한 범죄도 그 범행 현장을 영상으로서 보여줄 수 있다. 정보 해석 및 입증 능력으로선 이상적이었다.

——그래서 쫓기게 되었다.

여왕 암살 계획의 주모자에게.

"지금 이스카가 싸우고 있는 수상한 남자…… 탈리스만이라고 했지. 그놈이 여왕을 노린 진짜 범인이란 것은 그놈이 스스로 인정했다."

"탈리스만 경?! 서, 설마, 당신이 진짜로……!"

"이것도 다 필요한 일이야. **이 별의 중추에 도달하려면 제국의 힘이 꼭 필요해.**"

히드라 가문의 당주 탈리스만.

이 저택을 습격한 주동자는 진의 추궁을 웃는 얼굴로 받아들였다.

제국과의 공모 행위가 들통나면 단순한 국가 반역죄로 끝나지 않고 틀림없이 일족 전체가 추방될 것이다. 그러나 그 남자는 눈썹 하나 까딱하지 않았다. 그럴 만한 이유가 있었다.

"그놈이 쓴 시나리오의 핵심은 딱 하나야. 너만 없으면 여왕 암살 계획의 주모자는 들통나지 않는다는 거지. 이 저택에 제국 병사가 쳐들어와서 너를 납치했다. 그렇게 주장하면 아무도 의심하지 않을 거야. 뭐, 실제로 지금 **진짜 제국군이 왕궁을 습격하고 있으니까.**"

그렇다.

이 별장에서 멀리 떨어진 네뷸리스 왕궁에서는, 히드라 가문에게 유도된 제국군이 습격을 개시했다고 한다.

"그리고 또 한 명. 네 언니인 일리티아도 범인일 텐데, 그쪽은 정황증거밖에 없으니까 당장 입증하기는 어려워. 어차피 지금, 이 저택에는 없고."

"……네."

"이것 하나는 분명하게 말해둘게. 우리는 제국인이다. 100년 동안 전쟁을 계속해온 적국을 공격하는 것은 당연한 일이고, 네 뷸리스 왕궁이 어찌 되든 우리하고는 상관없어."

"……네, 압니다."

"그래도 너는 지켜줄 거다."

커다란 눈동자에 불안을 담은 마녀에게.

슬슬 일어나라──.

진은 그렇게 말없이 손짓으로 유도했다.

"우리의 동료인 제국 병사가 어디를 공격했든지 간에, 네가 우리의 적인 마녀여도 우리는 니를 왕궁까지는 호위해줄 거다. 그러니 너무 음침한 표정 짓지 마."

"누, 누가 음침하다는 거예요?!"

벌떡 일어나서 진에게 대드는 시스벨.

"다, 당신도, 그렇게 입이 험하면서!"

"말대꾸할 시간이 있으면 머리를 굴려봐. 지금은 무조건 저택 밖으로 나가는 것이 가장 중요해. 2층의 어느 방이든 상관없어. 창문을 통해 밖으로 뛰어내릴 수 있는 방. 어디야?"

저택 안에서는 서서히 포위망이 좁혀지고 있었다.

도망치려면 밖으로 나가야 한다.

이 한밤중에는 드넓은 정원으로 뛰어내려도 눈에 띄지 않을 것이다. 거기서부터 시가지로 이동해서 숨으면, 히드라 가문의 자객도 쫓아오지는 못할 것이다.

"그놈들은 제국 병사 차림을 하고 있으니까. 그 꼴로 황청 시가지에서 어슬렁거렸다가는 진짜 제국군으로 오인당해 성령 부대한테 공격당할 거다. 그러니까 그놈들은 못 쫓아와."

"그럼 이스카는 어떡해요?!"

"걔는 알아서 잘할 거야."

"……상대는 왕가의 당주인데요?"

"순혈종은 하나같이 위험한 놈들이긴 하지만, 이스카라면 어느 정도는 괜찮아. 물론 머릿수로 밀어붙이면 문제가 생길 수도 있지만, 위급한 상황에서는 철저히 도망에만 전념할 정도의 판단력은 있으니까. 자, 이제 좀 조용히 해봐."

진은 시스벨의 입을 손으로 막으면서, 옆에 있는 대장을 힐끔 봤다.

"보스, 추격자는?"

"아, 아직 없어. 발소리는 안 들려. 이미 우리가 밖으로 도망쳤다고 생각하고 저택 밖으로 나갔을지도 몰라."

"낙관적인 해석이지만, 추격자의 절반을 외부에 감시인으로 배치했을 가능성도 있겠군. ……이봐."

"아, 알아요. 길 안내를 하라는 거죠?!"

시스벨은 고개를 끄덕이더니 눈앞에 있는 통로를 가리켰다.

"저 모퉁이를 돌면 돼요. 현재 안 쓰는 방이 여러 개 있어요. 창밖에는 정원수가 밀집해 있으니까, 뛰어내려도 쉽게 들키진 않을 거예요."

그리고 걸음을 뗐다.

소녀의 조그만 발이 움직인 순간, 자박 하고 가벼운 소리가 나면서 바닥이 꺼졌다.

"……어?"

위화감을 느낀 시스벨이 멈춰 섰다.

발밑에 있는 것은 포도주색 융단이 아니었다. 반짝반짝 빛나는 하얀 결정들이 얇게 깔린, 눈으로 된 층이었다.


──찾았다, 제국 병사. 시스벨 양.


"시스벨 씨, 위험해!"

네네가 뒤에서 시스벨의 손을 확 잡아당겨 그녀를 끌어안았다.

그 순간 천장이 폭발했다.

2층 천장(3층 바닥)에 구멍이 뻥 뚫리더니 거기서 폭포수처럼 엄청난 눈이 쏟아져 내렸다.

"저택 안에서 블리자드라니?! 그 할망구인가!"

저격총을 들어 올리는 진.

천장에서 쏟아지는 방대한 눈가루들이 날리는 가운데, 저 안쪽에 보이는 붉은 「마녀」를 향해 발포했다. 그러나──.

"부질없는 짓이야. 제국 병사."

노파의 한마디와 더불어 그 총알은 블리자드 속으로 빨려 들어가듯이 사라졌다.

"고작 1m³ 안에 눈이 500kg이나 쌓여 있다. 이 눈이 모든 소리와 충격을 흡수하는 완충재가 되지. 설령 기관총을 써도 뚫지 못해. 그런 자그마한 탄환으로는 더더욱 그렇지."

루-에르츠 궁전 복도가 눈 깜짝할 사이에 하얀색 설경으로 변했다.

"좀 전에는 용케 도망쳤지만. 시스벨 양이 있으면 그리 오래 뛰지는 못할 테지?"

"이런, 노인 양반이 직접 마중을 나오신 건가?"

천장에 난 구멍에서 노파 하나가 훌쩍 뛰어 내려왔다.

어느 종교의 신부복같이 생긴 붉은 옷을 입은 깡마른 마녀. 새하얀 복도에서 그 마녀의 존재가 유난히 눈에 띄었다.

——백야의 마녀 그뤼겔.

얼음의 아종인 「눈」을 다루는 역전의 마녀. 제국군의 마녀 명부에도 이름이 오른 거물이었다.

"상당히 끈질기시네. 늙은이는 푹 자야 할 시간인데."

"나도 그러고 싶구먼. 너희들과의 술래잡기도 이제 지겨워졌으니."

붉은 옷을 입은 마녀가 양손을 위로 올렸다.

"시스벨 양을 데려가마."

"거절한다."

진이 시스벨의 손을 잡고 뛰기 시작한 직후, 마녀의 발밑에 눈이 폭발했다.

"진 군, 또 아까 그놈이야……!"

"무시해, 보스. 뒤돌아볼 시간이 있으면 달려!"

성령 에너지가 만들어낸 거인이 포효했다.

——골렘.

노련한 흙의 성령술사가 「흙」으로 만드는 것인데, 「눈」으로 된 골렘은 진도 처음 봤다.

"네네, 저건 쏘지 마. 총알 낭비다."

저 거인을 총으로 제압하기는 불가능에 가깝다.

저격총이나 기관총으로 일부분을 파괴하더라도 이 골렘은 무한히 재생하여 상대를 덮친다.

골렘은 바닥을 쿵쿵 울리며 진을 따라오기 시작했다.

"어, 어쩔 거예요?!"

"1층은 논외다. 2층에서 술래잡기를 해봤자 이길 수 있는 상대도 아니고. 3층으로 갈 수밖에 없어. 빨리 올라가!"

3층으로 가는 계단으로.

애초에 인간용으로 설계된 계단이다. 거대한 골렘이 올라오기는 어려울 것이다.

다만——.

**그건 그들을 3층에 몰아넣는 노골적인 노림수라는 의미이기도 했다.**

"……사냥이나 마찬가지군."

늙은 마녀가 천천히 걸었다.

두 마리 골렘에게 모든 일을 맡겨놓은 줄 알았는데, 거리를 유지하면서도 스스로 추적하고 있었다. 진 일행의 발밑에——눈 위에 남은 발자국을 따라서.

마치 진짜 사냥꾼처럼.

"그런데 할멈, 늙은이가 너무 무리하는 거 아냐?"

계단을 뛰어 올라가면서.

차갑게 얼어붙은 공기 속에서 진은 하얗게 빛나는 숨을 토해냈다.

"사냥당하는 것은 과연 어느 쪽일까. 우리 제국 병사를 우습게 보시라니."

## 3

루–에르츠 궁전, 1층 홀.

타닥타닥 튀는 불꽃.

바늘같이 가느다란 검은 연기가 좌우의 벽에서 천장을 향해 피어오른다.

눈앞은 숨 막히게 짙은 분진으로 꽉 차 있었다. 홀의 벽과 천장이 원형을 알아볼 수 없을 정도로 부서지면서 생겨난 분진이었다.

"낡은, 참으로 낡은 나라야. 황청은."

바다가 갈라지듯이——.

희뿌연 분진 속에서 나타난 것은 하얀 양복을 입은 중년 남성이었다.

영화배우처럼 잘생긴 얼굴과 신사적인 온화한 미소를 갖춘 위장부.

히드라 가문의 당주 탈리스만.

세 왕가 중 하나를 이끄는 강력한 순혈종이자, 쿠데타의 주모자였다.

"제국과의 전쟁에서 교착 상태를 필사적으로 지키려고 하는 현 여왕의 루 가문. 아직도 제국에 대한 복수를 부르짖는 조아 가문. 우리 히드라는 말이지, 이 나라의 현재 상황에 질렸어."

"…………."

"자네 생각은 어떤가? 제국인."

"글쎄."

상대가 온화한 눈빛으로 질문하자, 제국 검사——이스카는 빠르게 말을 토해냈다.

"말했잖아. 너하고는 대화할 마음이 없다고."

"흐음?"

"그게 너의 수법이란 것은 이미 눈치챘어. 넌 단순히 시스벨을 붙잡을 시간을 벌고 싶은 거잖아."

전직 사도성 이스카.

그는 제907부대에서 홀로 이탈해 이곳에 남아서, 시스벨이 도망칠 시간을 벌어주는 역할을 맡았다. 그 가장 큰 이유는 눈앞에 있는 히드라 가문의 당주였다.

일견 온화해 보이는 태도. 하지만 그것은 국민을 위해 꾸며낸 가면에 불과했다.

그의 본질은, 한없이 강해지려고 애쓰는 아수라 그 자체였다.

……시조 네뷸리스의 말예로서 「물결」의 성령을 지닌 순혈종.

……이놈은 너무 위험하다.

똑. 붉은 물방울이 떨어졌다.

한번은 멈췄던 피가, 이마의 찢어진 부분이 벌어지면서 흘러내렸다. 피가 눈꺼풀을 지나 눈으로 들어가기 전에 이스카는 그것을 손등으로 닦았다.

"글쎄. 자네는 내가 시스벨 군을 붙잡기 위해 시간을 버는 거라고 했지만——."

그 순간.

히드라 가문의 당주의 모습이 일렁거렸다.

바닥에 쌓인 잔해들이 폭발하듯이 튀어 올랐다. 그 강렬한 압력을 피부로 느끼자마자 이스카는 온 힘을 다해 뒤로 점프했다.

팍. 공기가 파열했다.

코앞을 스쳐 지나가는 탈리스만의 주먹이 허공을 갈랐다. 마치 열차가 지나가는 듯한 풍압에 머리카락이 어지러이 날리면서 이스카의 몸 전체가 살짝 위로 들렸다.

**단지 풍압 때문에.**

……이것이 평범한 물결의 성령이라고?!

……대체 얼마나 거대한 파동이 압축된 거냐!

물결은 곧 「파동」.

눈에 보이지 않는 물리 에너지를 조종하는 것이 물결의 성령이다.

이 성령은 드물지도 않거니와, 능력도 대개 파동을 대포처럼 「보이지 않는 탄환」으로서 쏘아내는 게 고작이라는 것이 제국군의 분석이었다.

그러나 탈리스만은 달랐다.

그는 성령술로 만들어낸 역학 에너지를 가속도로 전환해 자신의 체술(體術)을 강화한다.

"아무리 봐도 멋진 눈이야."

탈리스만의 모습이 순식간에 사라졌다.

머리 위에서 기척을 느낀 이스카는 탈리스만이 내려오는 것보다 더 빠르게 고개를 들어 천장을 쳐다봤다.

"이것도 감지했나? 청각? 아니, 촉각?"

"둘 다야."

공기가 흔들리면서 바람이 살랑인다.

그 약간의 바람이 이스카의 피부를 건드린 순간, 이스카는 적의 모습이 보이기도 전에 반격 태세로 넘어갔다.

눈으로 보지 않아도 적의 움직임은 파악할 수 있다. 그러기 위해서 수련해왔으니까.

──파열.

천장에 닿을 듯이 뛰어오른 탈리스만의 주먹이 고성의 바닥을 때렸다. 그야말로 폭격 같은 공격이었다. 화약이 터진 듯한 울림과 함께 돌바닥이 부서졌다.

"훌륭해. 머리끝에서 발끝까지 전부 다 전파탐지기인 것 같군."

그렇게 말하면서.

이스카의 움직임을 좇는 탈리스만의 눈에는 **웃음기가 어려 있었다.** 이스카가 반격하면 자기도 또 반격해서 이스카를 박살 낼 심산이었다.

그래서 이스카는 멀리 떨어졌다.

이스카의 생각을 깨달은 탈리스만은 거기서 멈추고 양복의 먼지를 떨어냈다.

남들은 전혀 알 수 없는 ──서로 눈싸움만 하는 것처럼 보이는 두 사람의 표면적인 행동과는 달리, 실제로는 목숨을 건 싸움이 매초마다 펼쳐지고 있었다.

"다시 한번 말하지만, 참으로 이해가 안 가."

흐트러진 양복 옷깃을 정리하면서 그가 어깨를 으쓱했다.

"너희는 제국 병사잖아. 그런데 왜 네뷸리스 황청의 요인을 경호하는 건가? 왜 목숨을 걸지? 얼마나 큰 보수를 약속한 거냐?"

"먼저 습격해온 사람은 너잖아. 폭도를 좇아내는 건 당연한 거 아냐?"

"조금 늦은 감이 있지만, 그건 오해야."

탈리스만이 희미한 쓴웃음을 지었다.

"이곳은 루 가문의 저택이야. 황청 왕가의 성에 제국 병사가 있다니, 상상조차 못 할 일 아닌가?"

"거짓말. 일리티아가 가르쳐줬을 텐데?"

"!"

"너는 우리를 지나치게 얕보는군."

딱 한순간 눈을 가늘게 뜨는 히드라 가문의 당주.

그 눈을 똑바로 쏘아보면서 이스카는 그렇게 말했다.

——탈리스만이 모르는 사실이 있었다.

이 습격이 발생하기 전에 제3왕녀 시스벨이 「왕가의 배신자」를 찾아내고 만 것이다.


"일리티아 언니!"

"저는…… 저는, 언니의 마음을 이해할 수 없어요! 언니, 설마 모국을 배신할 셈인가요?!"


제1왕녀 일리티아가 어머니인 여왕의 정권 전복을 꾀하고 있었다.

그리고 일리티아는 제국군이 네뷸리스 왕궁을 습격하기 직전에 왕궁으로 돌아갔다.

……제국군을 인도하기 위해.

……제국의 정예병을 왕궁으로 불러들이는 안내역으로서.

하루아침에 세운 계획은 아닐 것이다.

최소 몇 년. 어쩌면 탈리스만의 아버지나 할아버지 대부터 전해져 내려온 계획인데, 거기에 일리티아가 찬동한 것이 아닐까.

"오히려 내가 물어보고 싶어. 일리티아는 왜 자기 어머니를 배신한 거지?"

"흐음?"

"모르는 척하지 마. 너와 그 여자가 이번 사건의 주모자란 것은 알고 있어. 어차피 시스벨이 있으면 변명의 여지도 없을 텐데?"

"너는 그 여자의 외모를 어떻게 생각하나?"

"⋯⋯⋯⋯뭐?"

내 기세를 흐트러뜨리려는 화법인가?

이스카는 오히려 바짝 긴장했다. 그런데 탈리스만은 개의치 않고 이어서 말했다.

"나는 이 세상에 만약 마술이란 게 있었다면, 그건 아마 일리티아 군 같은 얼굴이지 않았을까 생각하네. 그 아름다움 앞에서는 여신조차 빛을 잃어버릴 정도지. 그건 그야말로 하늘의 은총이야."

"⋯⋯⋯⋯."

그게 내 질문과 무슨 상관이지?

이스카가 그렇게 대꾸하기도 전에.

**"그러나 별에게는 사랑받지 못했지."**

히드라 가문의 당주는 차갑게 말을 뱉어냈다.

"한 가지 오해가 있는 것 같군. 우리 히드라와 일리티아 군의 목적은 같지 않아. 서로의 이상이 다르거든. 그저 그 이상을 실현하는 과정 중 하나가 우연히 일치했을 뿐이지."

"……그것이 여왕 타도였다는 거야?"

"제국 군인이라면 환영할 일 아닌가? 현 여왕이 사라지면 황청은 일시적으로나마 약해지겠지. 너희는 앞으로 전쟁을 유리하게 이끌어나갈 수 있을 거고."

"그런 식으로 제국에 거래를 제안한 거냐?"

"마음대로 상상하도록 해."

"……너에게 딱 하나만 대답해줄게."

시험하는 듯한 눈빛으로 쳐다보는 순혈종에게.

이스카는 오른손에 쥔 흑의 성검의 칼끝을 겨눴다.

"내가 원하는 황청과의 싸움은 이런 것이 아니야."

"무슨 뜻이지?"

"너희들의 방식으로는 아무것도 변하지 않아. 두 나라가 실컷 다치기만 하고, 양국의 골이 깊어지고. 그걸로 끝이지."

공격하고, 또 반격하고.

세계 전체에서 발발하고 있는 두 대국의 전투가 더더욱 증가할 뿐이다.

……그런 게 아니야.

……내가 목표로 하는 「결말」은.

이스카도 제국인이다.

이 전쟁이 제국 측의 승리로 끝나길 바라는 마음은 분명히 진심이었다.

**──단, 그것이 황청의 멸망을 가리키는 건 아니다.**

제국군에 의한 네뷸리스 왕족 포획, 그리고 이를 토대로 제국이 주도하는 평화 협상. 그것이 바로 자신이 원하는 결말이므로.

　"너는 「도가 지나쳐」. 나는 제국의 소멸도, 황청의 소멸도 원하지 않아."

　"하하! 너는 몽상가구나."

　왕가를 이끄는 지도자의 냉소적인 박수 소리가 울려 퍼졌다.

　"무척 감미로운 공상이야. 아수라답지 않은 낭만으로 가득 차 있군. 그러나 안타깝게도 너 이외의 사도성은, 그리고 나 이외의 왕족은 바로 이날을 기다리고 있었을 거야."

　"……그게 무슨 뜻이지?"

　"대결이라는 거야. 지난 수십 년 동안 모두가 궁금해하던 상하 관계가 있잖아?"

　강대한 성령을 지닌 순혈종──「포학」의 탈리스만.

　그 남자가 양팔을 벌렸다.

　"제국이 자랑하는 「사도성」과, 시조 네뷸리스의 말예인 「순혈종」. 누가 더 우월한지 자웅을 겨뤄보자는 거지. 오늘 밤은 그런 밤이야."

# Chapter.2
## 『마녀사냥의 밤 : 중장』

the War ends the world /
raises the world

# 1

네뷸리스 왕궁——.

제국 영토에서 박해받았던 성령술사들과 함께 시조 네뷸리스
가 건설한 요새.

별(루), 달(조아), 태양(히드라)이라는 세 개의 탑과 여왕궁. 그렇게
네 개의 건물로 구성되었다는 것은 제국도 파악하고 있는 공공연
한 사실이었다.

현재 그 여왕궁에 돌입하려고 하는 제국 부대가 있었다.

"와우! 깜짝이야……."

발끝에서 겨우 15cm 떨어진 곳.

유리로 된 공중회랑 「달의 관」이, 그 안에 들어간 제국 부대의
눈앞에서 굉음을 내며 무너져 내렸다.

"우와~ 큰일 날 뻔했다. 한 발만 더 늦게 후퇴했으면 지상으로
곤두박질칠 뻔했어. 여기는 고층 빌딩만큼 높은데. 어우, 무서워."

"크윽?! ……메, 메이 님!"

제때 피하지 못한 자들.

무너진 바닥 가장자리에 매달린 제국군 대장이 비명을 질렀다. 기어오르고 싶어도, 손에 힘을 주면 바닥이 부서져서 반대로 추락할 판이었다.

"도, 도와주십시오!"

"아~ 뭐야. 대장아. 그래서 빨리 도망치라고 했잖아?"

헛웃음을 지으며 그렇게 대꾸한 사람은 야성미 넘치는 여군이었다.

사도성 제3위, 「쏟아지는 폭풍우」메이.

몸집은 작았으나 탱크톱 같은 전투복 밖으로 튀어나온 팔뚝은 강철처럼 단단했다. 부스스한 긴 머리카락과 구릿빛 피부. 입술 사이로 언뜻언뜻 보이는 송곳니가 기묘하리만치 길쭉했다. 형형하게 빛나는 안광까지 포함해서 마치 고양잇과 대형 육식동물처럼 보였다.

"나 참. 못 말리는 녀석이라니까."

대장의 목덜미를 붙잡더니. 높이 들어서 멀리 뒤쪽으로 던져버렸다.

체중이 100kg은 될 것 같은 우락부락한 제국 병사를 한 손으로. 마치 플라스틱 물통이라도 던지는 것처럼 가볍게.

쿵 하고 복도에 착지하는 대장.

"가, 감사합——."

"이제 살았다고 생각하는 건가요?"

그 목소리는 정면에서 들려왔다.

바닥이 무너진 공중회랑. 그곳의 유리 천장에서 한 소녀가 통로로 날아 내려왔다.

"제국 병사 여러분. 당신들은 여기서 끝나는 겁니다. 제가 제거할 거니까요."

아직 앳되어 보이는 검은 머리 소녀. 호화찬란한 드레스를 입고 차분하게 말하는 그 모습은 마치 인형 같았다.

키싱 조아 네뷸리스 9세──.

만나자마자 그렇게 이름을 밝힌 마녀가 양팔을 벌린 순간, 그 신호에 따라 그녀의 온몸에서 수천 개나 되는 극소형 침이 방출됐다.

"소거합니다. 내 앞에서 사라져."

성게 가시 같은 보라색 가시.

그것이 부웅 하고 기괴한 소리를 내면서 메이를 향해 소나기같이 쏟아졌다.

"오, 위험해."

메이가 사납게 웃더니 펄쩍 뛰었다.

높이가 4m쯤 되는 천장에 달라붙은 순간, 키싱이 발사한 가시가 바닥에 박혔다. 그 바닥은 순식간에 구멍투성이로 변해 갔다.

바닥이 녹았나?

아니면 사라진 건가?

그 무시무시한 광경을 본 제국 부대가 놀라서 숨을 삼키는 가운데.

"하하! 그래, 물질 소거구나."

샹들리에 위에 올라탄 메이 혼자만 아주 즐겁다는 듯이 신나게 떠들어댔다.

"시공 간섭 계열인가 했는데 공간은 잘려나가지 않았어. 물질에 간섭하는 성체(星體) 간섭 계열이야. 안 그래? 아가씨."

바닥을 소멸시킨 침이 또다시 사냥감을 향해 움직이기 시작했다.

그것을 응시하면서.

"별의 심층부에서 태어난 「제2세대형」 성령. 이 성령을 가진 마녀는 대체로 성문이 보라색이라고 하던데. 저기, 좀 보여줘."

"미안하지만 순수한 소녀라서. 맨살을 보여줄 마음은 없습니다."

"하하, 순수한 소녀? 피에 젖은 마녀 주제에 잘도 인간인 척 지껄여대는구나? 그건 인간이 되고 싶은 괴물의 소망 같은 거야?"

"…………."

"벗겨줄게. 그 말쑥한 옷."

키싱이 입고 있는 것은 아름다운 드레스였다. 시조의 말예에게만 허락된 전용 의상. 날씬한 소녀의 몸에 딱 맞는 옷이었다.

"순혈종 샘플이 필요했거든. 신체의 어디에 성문이 있는지, 그 예쁜 드레스를 찢어발겨서 확인해줄게, 응?"

"아아, 멋져요."

지독한 도발을 하는 메이.

사랑스러운 검은 머리 마녀는 기분 좋게 그 말에 귀를 기울였다.

"온 숙부님의 말씀이 맞았어요. 역시 제국 병사는 야만스럽군요. 그게 마음에 들어요. 저도 마음껏 독한 짓을 해줄 수 있으니까————————**사라져라, 제국인.**"

무수한 가시들이 결합하여 가시철사 같은 채찍으로 변했다.

키싱이 그 가시 채찍을 쥐고 위에서 아래로 휘둘렀다. 마치 채찍이 살아 있는 것처럼 거칠게 꿈틀꿈틀 허공을 가르며 나아가 샹들리에 위에 있는 사도성을 공격했다.

"어리석은 제국인. 바닥에 떨어지기 전에 사라져."

체크 메이트였다.

메이는 샹들리에를 발판 삼아 허공으로 짐프할 수밖에 없었다. 그러나 허공으로 뛰어 채찍의 일격을 피해도, 그 채찍은 무수한 「가시」의 집합체였다.

공중으로 도망쳐봤자 수백 개나 되는 가시에 공격당해 소멸될 것이다.

"——그럴 줄 알았지?"

가시가 박히는 것보다도 더 빠르게.

메이는 발판이 되는 샹들리에를 확 걷어찼다. 마녀를 향해.

"유리 세례나 받아봐."

"?!"

샹들리에를 박차고 공중으로 도망쳤다.

성령의 가시가 덮쳐온 시점에서 그것 말고는 선택의 여지가 없었을 것이다. 키싱은 물론이고, 이 장면을 내내 지켜보던 제국군

부하도 그렇게 생각했었다.

그런데 설마.

**중량 100kg이 넘는 샹들리에를 걷어차서 유리 탄환을 퍼부을 줄이야.**

——성령의 자동 방어.

메이를 덮쳐야 했던 가시들이 순식간에 방향을 틀더니.

제 주인에게 쏟아지는 수백 개의 유리 탄환을 모조리 허공에서 격추해 소멸시켰다.

**"내 성령의 자동 방어를 이용한 거야?!"**

"오, 뭐야. 성령은 강해 보이는데 의외로 온실 속 화초였나 봐? 공방전의 기본도 모르다니 마녀 미만이군. 한낱 인형이잖아?"

느긋하게 바닥에 내려선 여자 사도성.

고양이처럼 유연하게. 바닥에 흩어진 유리 파편을 밟는데도 그 발소리는 거의 무음이나 마찬가지였다.

——딱.

메이가 가볍게 손가락을 튕겼다.

"아가씨가 오히려 구멍투성이가 되어볼래? ——일제사격."

총성이 탑의 통로에 메아리쳤다.

뒤에서 대기하던 제국 병사 네 명이 손에 든 것은 자동 소총 TH 87형——1분에 600발의 탄환을 발사할 수 있는 제국군의 「마녀 대항용」 장비였다.

그것이 네 자루라면 1초에 40발. 성령 부대의 성령 대항용 방패조차 가차 없이 날려버리는 위력이었다.

그러나.

"시조의 말예를 우습게 보는 겁니까?"

모든 탄환이 키싱에게 닿기 직전에 허공에서 사라졌다.

수백 발이나 되는 탄막. 인간 정도는 눈 깜짝할 사이에 날려버리는 탄환의 호우가 마치 마술을 부린 것처럼 소실된 것이다.

"……말도 안 돼. 그렇게 많은 탄환을?!"

삑! 탄환이 떨어졌음을 알리는 전자음.

탄창 하나를 다 쓴 제국 병사의 얼굴이 공포로 굳어졌다.

수백 발이나 되는 탄환을 막아낸다. 순혈종이라면 불가능한 일은 아니지만, 제국 병사가 경악한 것은 키싱이 그것을 「가시」로 실행했기 때문이었다.

――애초에 가시로는 탄환을 막아내지 못한다.

바람이나 파동 같은 장벽형 기술이 아니기 때문이다.

탄환을 막으려면, 매초 40개씩 날아오는 초고속 탄환을 모조리 저 가느다란 가시로 저격해야 한다.

즉, 수백 발이나 되는 총탄을 같은 총탄으로 쏘아 떨어뜨리는 셈이다.

그렇게 극도로 정밀한 작업은 아마 제국군의 최신예 영격 시스템으로도 불가능할 것이다.

"……전부 격추한 거냐?!"

"저는 조아(달)의 혈맥이니까요."

키싱의 온몸에서 발산되는 보라색 성령광(星靈光).

그 빛에서 또다시 무수한 「가시」가 태어나 허공에 떠올랐다.

"조아의 성령 제어 방식은, 여러분이 싸워온 루(별)나 히드라(태양)는 가질 수 없는…… 아, 실언을 했네요. 이것은 외부에 발설하면 안 된다고 온 숙부님이 말씀하셨는데."

네뷸리스의 3대 혈족은 각자 독자적인 연구 분야를 가지고 있다.

조아의 연구는——성령의 「폭주」와 「제어」.

그 성과인 성령 제어는, 루나 히드라의 성령술사에게는 없는 것이었다.

밀라베어 여왕이나 앨리스의 성령술은 아군까지 무차별로 공격해버리는 결점이 있는 데 반하여 키싱은 정확히 적만 공격할 수 있었다.

총탄을 막아낸 것도 이 정밀 제어 덕분이었다.

"실언했어요. 하지만 들은 사람을 제거하면 되니까. 아무 문제……."

"「루인드 킹 허리케인(폭풍황폐의 왕)」, 기동."

한쪽 무릎을 꿇고.

사도성 제3위 「쏟아지는 폭풍우」 메이가 그렇게 말했다.

메이의 어깨 피부가 찢어지면서 피가 솟구쳤다.

키싱은 아무것도 하지 않았다. 사도성 메이가 스스로 뭔가를 어깨에 짊어지는 자세를 취했을 뿐인데, 갑자기 날카로운 손톱이 박힌 것처럼 피가 나오기 시작한 것이다.

그런데.

"!"

순혈종 키싱은 지금 난생처음으로 오한이란 감각을 느꼈다.

**뭔가 위험하다.**

조아 가문의 가혹한 훈련에서도 느껴보지 못한 미증유의 위협을, 이 사도성이 자신에게 가하리라는 직감.

"가시여! 저 여자를 산산조각──."

"늦었어."

그것이 처형 선고였다.

메이가 짊어지고 있던 광학 위장 병기가 기동되면서 점점 진정한 모습으로 되돌아갔다.

투명했던 물건이 어둡게 빛나는 거대한 대포가 되었다.

──전자 제어형 36연 기관포 「루인드 킹 허리케인」.

**1초당 1,000발**의 탄환을 발사하는 함재 병기였다. 그리고 1초만에 1,000발의 탄환을 막아낼 수 있는 성령술사는 없다.

불도 바람도 번개도, 얼음이나 물이나 흙의 장벽도 돌파한다.

모든 성령술사를 섬멸하는 병기.

"내가 말하지 않았나? 내 별명이 「쏟아지는 폭풍우」인 이유를 가르쳐준다고."

히죽. 날카로운 송곳니를 드러내는 여자 사도성.

고양이같이 애교 있으면서도 마치 사자와도 같은 살기를 온몸에서 뿜어내면서 말했다.

"그럼 잘 가. 귀여운 마녀야."

가시의 마녀 키싱은——.

자신을 덮치는 폭풍우의 굉음을, 들었다.

───────────────

여왕궁 공중정원.

솟구치는 열파에 의해, 정원의 싱그러운 화초 향기에 섞여서 매캐한 연기와 재의 자극적인 탄내가 나기 시작했다.

"아 참, 질문을 하나 해도 될까? 아름다운 사도성님."

온 조아 네뷸리스.

검은 양복을 입은 이 남자는 왕가 3대 혈족 중 하나인 조아 가문에서 당주를 대신해 일족을 지휘할 권한을 부여받은 인물이었다. 얼굴에 있는 오래된 흉터를 가면으로 숨기고 다니면서 스스로 가면 경이라고 자칭하기도 했다.

"중요한 것을 깜빡하고 물어보지 않았는데. 당신은 어떻게 이 여왕궁에 들어온 건가?"

여왕궁의 문은 잠겨 있었다.

다른 제국 정예병들은 그 누구도 침입하지 못했는데, 어떻게 이 여자 하나만 부하들을 제쳐두고 침입에 성공한 걸까.

"으음~ 글쎄, 그건 영업 비밀이라 밝히기 곤란한데요?"

그렇게 대답한 사람은 안경을 쓴 늘씬한 여자 사도성이었다.

마치 배우처럼 과장되게 고개를 갸웃거리면서 더없이 태평한 말투로 말했다.

"그런 것을 당당하게 적에게 물어보는 도전적인 태도. 난 싫어하진 않지만요."

사도성 제5위, 리샤.

천제의 참모로 알려진 이 여자가 제도를 떠나 스스로 참전했다. 이 사실만 봐도 제국이 얼마나 「진심」인지는 충분히 알 수 있었다.

"마술 트릭을 다 알려 달라는 것은 아니야. 하지만 영업이라면 고객에게 다소 서비스는 해줄 수 있지 않나?"

"그럼 힌트만 줄게요. 정문은 잘 잠겨 있었어요."

"흠."

가면 경 온은 턱을 어루만지면서 나직하게 목 울리는 소리를 냈다.

"그렇다면, 그다음은——."

사라졌다.

목소리를 남기고. 가면 쓴 남자가 밤의 어둠 속으로 녹아들듯 소실된 것이다.

"!"

"사도성님의 몸에 직접 물어보도록 하지."

사라진 목소리는 등 뒤에서 들렸다.

공간이동. 공간을 건너뛰어 적의 뒤에 나타난 가면 경의 날카로운 나이프가 리샤의 등에——꽂힐 줄 알았는데.

"허?"

"······와, 위험하네. 역시 그렇게 나오시는군요."

나이프가 허공을 갈랐다.

가면 경이 경악하여 소리를 낼 정도로 빠른 반응으로, 천제의 참모인 여자 사도성은 가볍게 몸을 회전시킨 것이었다.

그대로 자연스럽게 바닥을 박차고 후퇴했다.

"아 참, 말하는 것을 깜빡했네요. 미안하지만 나는 그 기습의 비밀은 알고 있거든요. 미스미스라는 제국 병사, 기억하세요?"

"미스미스?"

"뮈드르 협곡의 싸움에서 당신이 볼텍스에 빠뜨린 제국군 대장이 있었잖아요. 뭐, 기억하든지 말든지 상관은 없지만요."

안경 렌즈 너머로.

여자 사도성의 영리한 두 눈이 적을 노려봤다.

"나는 그 녀석의 동기라서. 당신 이야기도 잘 들었습니다."

"······미스미스. 아, 기억났어. 그 작은 숙녀님 말이군. 하긴, 그런 인연이 있었다면 납득이 가. 애초에 내 능력은 별로 대단하지도 않으니까. 일단 알려지면 그걸로 끝이지."

날 선 나이프를 그대로 품속에 집어넣는 가면 경.

"그런데 신기하군. 리샤 님, 당신은 동기가 대장급인데 혼자 사도성으로 승격된 건가?"

"뭐, 그렇죠."

"제국군은 그런 서열 계급 경쟁이 매우 심하다던데. 자네 같은 천재라면 주변 사람들이 질투도 많이 할 테지?"

"그건 이미 익숙해요."

사도성이 그렇게 대꾸하더니 검은 테 안경을 벗었다.

얇은 렌즈 너머로도 영리하게 빛나던 눈빛이 한층 더 강해진 것은, 가면 경의 착각이 아닐 것이다.

**"이번이 네 번째 스물두 살이니까요."**

"……흐음?"

"아, 이건 비밀이에요. 들키면 내가 천제 각하에게 혼나요."

안경의 경첩 부분에 손가락을 걸고.

빙글빙글 재주 좋게 돌리면서 리샤는 피식 웃으며 익살을 부렸다.

——어차피 당신이 알아봤자 이용하지도 못하잖아요?

그런 암묵적 도발이 느껴지는 태도였다.

"우리 제국군도 하루하루 계속 정진하고 있다는 거죠. 마녀나 마인을 상대하려면, 우리도 몸에 이것저것 집어넣어야 하지 않겠어요?"

"이거 놀랍군. 젊은 재녀인가 했더니, 실은 역전의 베테랑인 노부인이었던 건가?"

"어머, 아녜요. 풋풋한 처녀거든요? 서른이 되기 전에 **다시 시작하는 것**이 나만의 방식이라서. 지금 한창 물이 오른 꽃다운 숙녀랍니다."

빈손을 휘휘 내저으면서 살짝 쓴웃음을 짓는 리샤.

"노화방지나 미용성형 같은 것은 아니고. 훨씬 더 아프고 무서운 방법인데요. 혹시 관심 있으시면 제국으로 초대할게요."

"아니, 사양할게."

"아쉽네요. 아, 그런데 말이죠. 우리도 팔대사도가 정해준 노동 할당량이 있어서요."

휙 하고.

약간의 위화감. 밤바람이 몰아치는 소리에 섞여서 공기를 가르는 소리가 났다.

"순혈종을 잡아가야 하거든요."

반짝반짝 빛나는 가느다란 실.

머리카락보다도 더 얇은 섬유가 가면 쓴 남자의 목을 휘감았다. 우아하게 서 있던 순혈종이 처음으로 당황한 소리를 내고 말았다.

"앗?!"

공간이동.

겨우 2m 앞으로 이동한 가면 경이 눈을 휘둥그렇게 떴다. 그 앞에서 사냥감을 놓친 빛나는 실이 리샤의 손안으로 감겨 들어갔다.

"아, 아깝다. 용케 눈치챘네요?"

마치 거미처럼.

사냥감을 실로 붙잡으려다가 아슬아슬하게 놓쳐버리고 희미한 쓴웃음을 짓는 사도성.

"경동맥동반사라는 거 알아요? 인체의 최대 급소 중 하나인데."

"…………."

"아무리 덩치 큰 남자라도 목의 이 부분을 압박하면 5초 만에 기절시킬 수 있어요. 게다가 아프지도 않으니까 반사적으로 반응하기도 매우 어렵죠. 실을 조금만 더 빨리 당겼더라면 아주 깔끔하게 기절시킬 수 있었을 텐데, 숙련도가 부족해서."

가면 경은 침묵했다.

조아 가문에서 가장 똑똑한 남자는 한눈에 눈치챘다.

여자 사도성의 손가락──.

지금 안경을 빙글빙글 돌리고 있는 집게손가락에서, 성령 에너지의 표출인 성령광이 나오고 있다는 사실을.

"성령술은 불편하네요. 이런 가느다란 실을 써도 성령 에너지가 강렬한 빛을 내니까요. 밤에는 이렇게 상대에게 들킨단 말이죠. 지금이 낮이었으면 좋았을 텐데."

"…………."

"뭐, 이건 아까 그 일격에 대한 답례예요. 나같이 귀여운 숙녀를 몰래 뒤에서 나이프로 찌르려고 한 야만적인 행위보다는 훨씬 낫잖아요?"

성령 에너지는 오직 성령에서만 발생하는 미지의 에너지.

그건 인간에게서 나오는 게 아니다. 오직 성령을 가진 「성령술사」만 그 몸에 강대한 힘을 지니게 되는 것이다.

그런데 그게 왜 제국인인 사도성에게 있단 말인가?

"구제 불능이구나. 제국인들은."

소름 끼칠 정도로 낮게 깔린 음성이 가면 안쪽에서 흘러나왔다.

"그토록 심하게 우리를 마녀와 마인이라고 욕하더니, 뒤에서는 몰래 성령을 이용하고 있었군. 사도성이란 탈을 쓴, 다 똑같은 놈들이었어……"

"아, 조금 오해가 있군요."

"음?"

"성령을 인체에 강제로 부여하는 실험을 했다는 건 부정하지 않을게요. 그런데 이거, 당신들 네뷸리스 왕가의 협력이 없었다면 불가능한 실험이었다고요?"

"……배신자가 있다는 뜻인가?"

가면 가장자리를 손끝으로 톡톡 두드리는 검은 옷의 남자.

"왕가에 배신자가 있다는 것은 우리 조아도 알고 있었지만, 정보 제공은 대환영이다. 이왕이면 그 이름까지 가르쳐주지 않겠나?"

"아~ 뭐예요. 둔감하시네."

리샤가 안경을 다시 썼다.

얇은 렌즈를 통해 시조의 말예를 쳐다보면서 입꼬리를 끌어 올렸다.

"나를 이기면 가르쳐줄게요~ ……그런 촌스러운 말은, 굳이 안 해도 알잖아요?"

"오, 그래. 나답지 않게 실례를 했군."

**"그러니까 당신은 도망칠 수 없어요."**

리샤 인 엠파이어──.

사도성 제5위가 가면 쓴 순혈종을 향해 양팔을 벌렸다.

별의 실──리샤의 손바닥에서 태어난 「별의 실」이 공중에서 분열되어 거미줄 모양으로 공중정원을 뒤덮었다.

별의 제4세대 「실잣기」의 성령.

네뷸리스 황청에는 존재하지 않는다. 이 성령은 제국 영토 내의 볼텍스에서 태어난 종류이므로.

"내가 가지고 있는 온갖 비밀들을 알고 싶죠? 나를 놓치고 싶지 않죠? 그러니까 당신은 절대로 이곳을 떠날 수 없어요."

"바라 마지않는 일이군."

가면 경 온이 마른 자세로 시서 우아하게 인사했다.

밤의 가면무도회. 거기서 마주친 한 쌍의 신사와 숙녀. 그들이 멋진 춤을 신청하는 것처럼.

"아름다운 숙녀의 제안을 거절한다면 신사가 아니지."

"그런 겉치레도 나쁘진 않네요. 다만……."

천제의 참모가 눈을 가늘게 떴다.

균형 잡힌 자신의 육체를 스스로 끌어안듯이 요염하게 몸을 뒤틀면서.

"나는 당신의 맨얼굴이 더 보고 싶군요. 가면 안쪽에서 언뜻언뜻 보이는 추하고 잔혹한 본성. 그야말로 마인 같은 느낌이에요."

"글쎄? 난 모르겠는데."

"그럼 직접 힘으로 밝히는 수밖에~."

속을 알 수 없는 눈빛으로 대화하더니──.

마인과 사도성은 춤을 추듯이 동시에 지면을 박찼다.

## 2

같은 시각.

달의 탑, 여왕궁과 연결된 공중회랑 「달의 관」 앞에서.

달그락달그락…….

달각…… 하고 굴러가는 돌멩이 파편. 그 정체는 겨우 몇 초 전까지 이 탑을 구성하는 벽과 천장이었던 특수한 광석이었다.

웬만한 충격으로는 표면조차 벗겨지지 않는 단단한 석재. 그것이 마치 모래성처럼 부서져서 벽에 커다란 구멍이 났다.

──전자 제어형 36연발 기관포 「루인드 킹 허리케인」.

단 한 명의 병기로.

"휴. 아~ 진짜, 무거워."

거대한 기관포를 바닥에 쾅 내려놓는 메이.

그 병기를 짊어지고 있던 어깨는 피부가 벗겨져서 피가 나오고 있었고, 양발은 총의 반동으로 바닥에 푹 박혀 있었다.

그런데 사실 놀라운 것은 병기가 아니라 메이 본인이었다.

이 여군은 **왕궁에 돌입했을 때부터 쭉 이 병기를 들고 있었다.**

광학 위장 기술로 투명하게 만들어도 무게는 변하지 않는다.

경량화하긴 했어도 함재 병기다. 그것을 짊어진 채 메이는 태연하게 걷고, 점프하고, 뛰어다닌 것이다.

하늘이 주신 육체──.

마녀나 마인에게「성령」이 깃들어 있듯이, 이 여자 사도성의 육체에도 또 천부적인 특이 체질이 갖춰져 있는 것이었다.

"메이 님, 저 순혈종은 생포할 예정이었는데요……."

"아…… 망했다. 나도 모르게 그만."

메이가 쓴웃음을 지었다.

통로에 높이 쌓여 있는 잔해들. 그 너머는 자잘한 분진으로 가득 차서 총의 조준경으로도 제대로 볼 수가 없었다.

물론 1초에 1,000발이나 되는 총알 세례를 받은 사람이 사람 형태를 유지할 리는 없지만.

"저렇게 곱게 자란 아가씨를 보면, 나도 모르게 괴롭히고 싶어진단 말이지. 나는 태어날 때부터 초연 속에 있었고. 죽어라 고생하면서 살아남았고, 곪은 상처를 스스로 째기도 하고…… 목숨 걸고 전장에 있는 건데. 순혈종은 안 그러잖아."

**우연히** 강대한 성령을 지니고 태어났다.

단지 그뿐인데도 전혀 고생할 필요 없는 생활을 보장받고, 가끔 한 번씩 전장에 나타나서 제국 병사들을 대충 쓰레기 치우듯이 해치워버린다.

──너희들은 왜 이렇게 약한 거니? 하고.

경멸하는 눈빛으로.


제국이 마녀를 박해했다?──아니다. 오히려 마녀가 인간을 깔보는 것이었다.

메이도, 네 명이 부하들도 전장에서 몇 번이나 목격했다.

마녀들의 「약자를 괴롭히는 경멸의 눈빛」을. 물론 네뷸리스 황청은 인정하지 않지만.

성령술사가 박해받지 않는 세상을 만든다?

그건 거짓말이다.

그렇게 주장하는 시조의 말예들이 이 세상 누구보다도 「평범한 인간」을 깔보고 있었다.

"그래서 싸증 난다고. 안 그래? 내장아."

"메이 님 말씀이 맞습니다. 우리는 인간으로서 싸우고 있으니까요."

제국에는 제국의 정의가 있다.

평범한 인간에 불과한 제국 병사는 마녀나 마인과는 비교도 안 되는 가혹한 훈련을 받아야 비로소 전장에 투입될 수 있다.

그리고——.

단지 선천적으로 강하게 태어났을 뿐인 마녀에게 순식간에 격퇴당한다.

제국군의 무기가 비인도적이라는 소문이 돌기도 하지만, 실제로는 성령 부대가 일방적으로 유린할 때가 훨씬 더 많았다.

"그래서 우리는 머리를 쓰는 거야. 이 아가씨야. 내 무기도 그렇고, 이 왕궁을 침공하는 것도 그렇고. 장밋빛 세상에서 살아온

꼬맹이는 아마도 모를 테지만.”

높은 돌무더기를 향해 혀를 찼다.

부하들에게 눈짓하고 빙글 돌아섰다. 그때 여자 사도성의 귀에 툭, 하고 돌덩이 파편이 굴러가는 소리가 들려왔다.

“…………”

“메이 님, 왜 그러십니까?”

“다행이다. 생포할 예정이었으니까. 아가씨, 네가 무사해서 기뻐.”

메이가 지켜보는 가운데.

고개를 꺾어 우러러봐야 할 정도로 높은 돌무더기가, 기괴한 소리를 내면서 얼음 녹듯이 사라지기 시작했다.

“이럴 수가?!”

“그, 그렇게 많은 총알을 뒤집어쓰고도 아직 살아 있다고?!”

“대장아, 좀 조용히 해. 너희들은 저 뒤쪽을 경계해. 방금 그 총성을 듣고 성령 부대가 몰려올 테니까.”

어차피 부하들은 도움이 안 된다.

루인드 킹 허리케인의 집중사격으로도 숨통을 끊어놓지 못했다면, 뒤에 있는 부하들의 엄호사격 따윈 소용없을 것이다.

“음, 하지만 그 잘난 순혈종도 완전히 상쇄시키지는 못했나 보네.”

“…………으……윽…………”

검은 머리 소녀가 숨을 거칠게 내쉬면서 돌무더기 틈새로 기어 나왔다.

아름답던 드레스는 이제는 무참히 찢어진 천 조각으로 변했고, 햇빛을 보지도 못한 것처럼 새하얀 피부는 돌덩이에 부딪혀 피가 나고 있었다.

비단같이 매끄러운 검은 머리카락도 먼지로 뿌옇게 더러워졌다.

그리고 가장 중요한 것은.

소녀의 사랑스런 얼굴이 격통과 공포로 처참하게 일그러져 있었다.

"아…… 아파……. 내가…… 이렇게…… 이건, 피……?"

순혈종 키싱이 패배한 건 처음이 아니다.

제국 검사 이스카와의 싸움에서 뜻밖의 패배를 경험했다. 그러나 그에게는 없고, 이 메이란 여자 사도성에게는 있는 뭔가가 있었다.

──원념(怨念).

마녀에 대한 수천, 수만 명이나 되는 제국 병사들의 분노.

그들이 원하는 것은 평화가 아니었다. 모든 마녀를 섬멸하겠다는 분노의 감정은, 이스카와의 싸움에서는 느껴보지 못했었다.

그래서 비로소 알았다. **전쟁이란 이런 것**이라는 사실을.

"…………온 숙부님. 저, 이해했어요."

마녀의 눈동자가 빛났다.

기백 넘치는 안광 같은 것이 아니었다. 메이와 제국 병사 네 명의 눈앞에서 키싱의 두 눈동자가 물리적으로 빛나기 시작한 것이다.

"아하~ 그렇구나. 그렇게 옷이 걸레짝이 되었는데도 성문이 안 보인다 했더니. **아가씨의 성문은 눈동자 속에 있었구나.**"

눈동자 속에서 빛나는 성문.

마녀 키싱이 등장할 때, 이 소녀는 안대로 눈을 가리고 있었다.

성문의 위치가 「눈동자 속」이라는 것은 제국 측에도 없는 데이터였다. 아마 순혈종 중에서도 이례적인 경우일 것이다.

"궁금하네. 점점 더 샘플로 삼고 싶어지는걸?"

"…………."

순혈종 키싱이 비틀거리며 일어나더니, 찰과상을 입은 자기 뺨을 민졌다.

손끝에 묻은 붉은 물방울을 내려다보면서.

"저는 이해했습니다. 전쟁이란 것은 전혀 좋은 것이 아니에요. 계속해봤자 시간 낭비입니다. 왜냐하면, 이렇게 아픈걸요."

"오? 이제 와서 개심한 거야?"

"네. 전쟁을 끝내야겠습니다."

찢어진 드레스를 입은 소녀가 등 뒤에 펼쳐진 하늘을 향해 양팔을 벌렸다.

그 눈동자에서는 명확한 살의가 흘러넘쳤다.

"제국군을 완전히 소멸시켜서!"

뻬걱. 공간이 비틀리는 소리가 났다.

겨우 몇 초 만에 키싱이 우러러보는 하늘을 온통 「가시」가 뒤덮었다.

——가시의 행진 「삼라만소(森羅萬消)」.

수십만 개나 되는 성령의 가시.

비행선은 물론이고 이 달의 탑조차 완전히 분해해버릴 수 있으리라. 그것이 메이와 제국 병사들의 머리 위를 포위하며 순식간에 쫙 펼쳐졌다.

"헉?!"

"……오. 이제는 표정이 꽤 멋있어졌는데?"

**망설임이 사라졌다.**

제어의 고삐가 풀렸다. 달의 탑을 파괴하지 않으려고 붙잡고 있던 마음의 브레이크가, 피부로 느낀 죽음의 공포로 부서진 것이다.

이것이 바로 순혈종.

지난 100년 동안에 제국이 단 하나도 사로잡지 못했던 괴물에게 어울리는 모습.

"메이 님! 적의 성령술에 포위당했습니다!"

"보면 알아. 대장아, 정신 바짝 차려. 죽기 전에 죽여야지, 안 그러면 전멸이야."

"그게 가능할 것 같나요? 저는 자비를 베풀 마음이 없습니다."

모든 가시가 펼쳐지며 결계를 만들었다.

가시는 이미 루인드 킹 허리케인의 탄막으로도 막아내지 못할 수준에 달하고 있었다. 그러나, 그런데도 여자 사도성은 여전히 야성미 넘치는 미소를 짓고 있었다.

"자비? 이것 참. 아가씨, 아직도 혼이 덜 났나 보네."

"⋯⋯⋯⋯?"

"고작 한 번 살아남았다고 너무 우쭐거리는 거 아냐?"

바닥에 내려놨던 루인드 킹 허리케인의 표면을 손가락으로 어루만지는 여자 사도성.

"예언을 하나 해볼까. 다음 총성이 들릴 때가 마지막이야."

"네, 여러분의 마지막 순간이겠죠."

무수한 가시들을 허공에 띄우는 키싱의 말에는 절대적 자신감이, 메이의 입가에는 야성미 넘치는 승리의 미소가 걸려 있었다.

허세가 아니다.

사도성과 순혈종은 둘 다 똑같이 승리를 확신하고 있었다.

이윽고 움직이는 두 사람.

가시가 일제히 움직이는 순간, 메이의 병기인 루인드 킹 허리케인의 진짜 탄환이 가시를 향해 날아갔고──

둘 다 아무런 결과 없이 끝나고 말았다.

제국 병사가 난생처음 보는, 짙은 보라색 기괴한 짐승이 바닥을 뜯어 발기고 뛰어올라 키싱의 가시를 온몸으로 받아내며 그사이에 끼어들었기 때문이다.

"⋯⋯앗?!"

"뭐야?"

키싱의 가시를 뒤집어쓰고도 소멸하지 않은 육족보행 짐승.

제국군의 물건이 아니었다. 그 짐승들은 메이와 키싱 모두에게 이를 드러내며 덤벼들었다.

입이 아래로 쫙 찢어져 있었고, 거기서는 성령광과 비슷한 빛이 타액이 되어 흘러내리고 있었다.

그 타액이 바닥에 떨어진 순간, 치익 소리를 내면서 바닥이 부식되었다.

——움찔.

수많은 사선을 넘어온 메이의 제6감이 형용하기 어려운 위험을 감지했다.

주원(呪怨)?

아주 희귀한 「저주」의 성령과 비슷했지만, 짧은 시간 내에 판단하기는 힘들었다. 그리고 가장 중요한 점. 저놈이 키싱의 가시를 뒤집어썼는데도 태연하게 움직이고 있는 것이 너무나 이상했다.

"뭔가 위험한 놈 같은데. 다들 좀 떨어질까?!"

일단 무조건 뒤로 물러났다.

부하들 네 명도 전혀 반대하지 않았다.

"이봐, 아가씨. 이건——."

"설마…… 그로울리 조부님의 성령?!"

키싱이 뒤를 돌아봤다.

얼굴이 창백해져 있었다. 분노에 몸을 맡기고 성령술을 펼쳤던 순혈종 키싱이, 지금 이곳에 나타난 짐승들을 보고.

"조부님, 잠깐만요. 이 제국 병사들은 제가――."

어딘지 알 수 없는 곳에서.

소름 끼치는 짐승의 포효 소리가 울려 퍼진 것은 바로 그때였다.

3

네뷸리스의 세 왕가의 당주는――.

각 혈족의 상징이므로, 가장 믿음직한 존재여야만 한다.

그렇다면.

가장 믿음직한 존재는 어떤 자일까?

"가장 강한 성령술사일 것. 또 지략이 뛰어나고 경험이 많을 것. 당주의 요건은 더없이 명쾌해."

「그렇다면 여왕은?」

"그것도 당주와 같다. 굳이 말하자면 거기에 인기투표 요소가 추가되는 것이지."

휠체어를 탄 노인이 쉰 소리로 쿡쿡 웃었다.

조아 가문의 당주 그로울리.

주름과 검버섯으로 뒤덮인 얼굴. 이미 일흔이 넘은 노인인데도 그 성량은 놀랍도록 풍부했고, 안광은 힘으로 가득 차 있었다.

"젊고 아름다운 소녀. 그것도 강대한 성령을 지닌 존재가 여왕이 된다면, 그 자체가 충분히 국민의 희망이 될 거야."

「불만스런 말투군. 네놈이 남자라 여왕이 되지 못했다고 패배자의 변명을 하는 건가?」

"그럴 리가. 나는 현 여왕의 수완에 불만이 없어. 30년 전에는 손대지도 못할 정도로 엄청났던 전투 기계가 용케 그렇게 **인간답게 변했구나** 하고 감탄하고 있지."

네뷸리스 황청, 달의 탑.

만월을 본떠 만든 상야등이 비추는 3층의 드넓은 공간. 그곳은 강연이나 영화 감상 같은 이벤트가 개최되는 다목적 홀이었다.

오늘 밤 그 홀을 방문한 것은 제국의 강력한 자객 중 하나——.

"그래. 꼭 너를 닮았었어. 차가운 강철 같은 살기와 그 누구의 접촉도 거부하는 위압적인 전투 인형."

「나를? 이 나라의 여왕이? 흥, 마녀와 똑같이 취급하지 마라. 내가 이 모양이어도 최소한 인간으로서의 긍지는 가지고 있어. 네놈들과는 다르다는 거다.」

코웃음을 치는 제국인.

사도성 제8위 「보이지 않는 신의 손」 네임리스.

그 모습이 흔들흔들 일렁이고 있었다. 머리끝에서 발끝까지 진회색 코트 슈트를 입고 있기 때문이었다. 그 광학 위장복 덕분에 마음대로 모습을 숨길 수 있는 이 남자는, 총 없이 싸우는 사일런트 킬링(격투기)의 달인으로 알려져 있었다.

"옛날 일이다. 네가 갓 태어났거나, 태어나지도 않았던 먼 옛날의 이야기."

끼익, 휠체어를 살짝 기울이는 노인.

"당시 열넷 아니면 열다섯이었을 거다. 그 과묵한 살인귀 같은 시절이 밀라베어의 전성기였어. 그 2년 동안 그 녀석은 그야말로 사상 최강의 여왕 후보였다. 지금은 이빨 빠진 호랑이가 되었지만. 여왕이 되어 전장에서 멀어져서 그런 건지, 아니면 딸이 생겨서 그런 건지……."

「무슨 말을 하고 싶은 거냐?」

**"세대교체를 할 때가 왔다는 거야."**

조아 가문의 당주 그로울리의 말에 힘이 깃들었다.

"너희 제국군에 감사한다. 이만한 혼란을 초래했으니 현 여왕은 책임을 지지 않을 수 없겠지. 결국, 조만간 있을 콘클라베(여왕 성별 의식)에서 루 가문은 추락하고 조아와 히드라만이 남는 거다."

상야등에 비춰진 사도성을 가리키면서 말했다.

"고로 너희들은 이제 쓸모가 없어. 속히 없애주마."

노인의 발밑에서 그림자가 폭발했다.

입자를 튀기면서 홀에서 솟구치는 것은 희미한 보랏빛으로 빛나는 성령광. 그것이 눈 깜짝할 사이에 응축돼서 다리가 여섯 개인 사냥개로 변해 포효했다.

「성령 에너지의 구현화인가?」

"이것은 아바타(化身獸). 이미 너는 죄를 지었다. 그 죄가 「벌」이 된 거야."

노인은 자기 어깨에 꽂힌 쇠막대를 뽑아냈다.

아이스픽처럼 끝이 날카로운 암기(暗器). 몇 분 전──그들이 마주차자마자 네임리스가 던진 것이었다. **이 노인은 일부러 피하지 않은 거다.**

"함부로 나를 공격한 것이 너의 실수다. 자, 너는 너 자신의 「벌」을 완벽하게 피할 수 있을까?"

「죄를 지었다고? 흥, 어차피 속죄할 마음은 없어.」

네임리스가 힘차게 한 손을 들어 올렸다.

밑에서 위로 날아가는 두 번째 쇠막대. 그것이 천장에 닿은 순간, 당주 그로울리의 머리 위에서 불꽃이 터졌다.

쇠막대에 달아둔 소형 폭탄이 폭발한 것이다.

그러자 천장의 판이 낙하해서, 바로 밑에 있는 아바타를 정확히 깔아뭉갰다.

"소용없는 짓이야."

판에 깔렸던 짐승이 스르르 기어 일어났다.

"이 아바타는 물리 간섭을 받지 않아. 제국의 미사일을 맞아도 멀쩡하지. 네 왼팔을 보면 알지 않나?"

「역습형 성령인가.」

움직이지 않는 왼팔을 감싸면서 네임리스가 뒤로 뛰었다.

겨우 2분 전에 있었던 일.

달려드는 아바타를 향해 왼쪽 주먹을 휘둘렀는데, 아바타가 그대로 주먹을 통과하더니 팔에 들러붙었다.

직후, 저주가 팔을 침식하기 시작했다.

죄란 무엇인가?

이 마인의 성령은 대체 무엇인가?

「적에게 반응해서 성장하는 성령 에너지. 그것이 일정 이상으로 성장하면 짐승의 형태가 되어 다가오는 건가. 성장 조건은 적이 네놈에게 상처를 입히는 것……이 전부는 아닌 것 같군. 여러 가지 성장 조건이 있나 본데. 그것이 「죄」냐?」

"비밀을 공개할 마음은 없어. 그래도 꽤 괜찮은 추리란 점은 칭찬해주마."

그로울리의 냉소.

"하나 가르쳐줄까. 이 아바타는 무한히 성장한다."

「추악한 성령이군. 그런데 물체를 통과하는 것은 단점이 아닌가?」

사일런트 킬링의 달인이 바닥을 박찼다.

바로 뒤에 있는 벽을 손으로 짚고 지그재그로 더 높이 올라갔다. 덮쳐오는 아바타의 머리 위를 훌쩍 뛰어넘은 네임리스가 오른손을 들어 올렸다.

손에 든 것은 세라믹 나이프.

네임리스의 전력을 다한 투척은 권총 탄환의 속도와 비슷했다. 처음 마주쳤을 때는 시험 삼아 어깨를 노렸지만, 이번에는 노인의 흉부를 노렸다.

아바타는 물리 간섭을 받지 않는다. 즉, 날아오는 나이프를 받아내지 못한다.

「그 성령과 함께 사라져라. 마인.」

"꽃이 피니 비바람이 심하도다—— 본디 좋은 일에는 방해가 따르는 법이야. 젊은이."

나이프가 멈췄다.

노인의 휠체어 밑에서 또 다른 아바타의 팔이 튀어나오더니 마치 인간의 손처럼 네임리스가 투척한 칼을 낚아챈 것이다.

「……?!」

"너의 물리 간섭은 받지 않는다. 그러나 이쪽에서 일방적으로 물리에 간섭하는 것은 가능해. 그게 무슨 의미인지 알겠는가? 젊은이."

제국의 사도성이 착지했다.

「마치 무적이라고 떠드는 것 같군.」

**"바로 그렇다."**

아바타는 쓰러뜨릴 수 없다.

그런 아바타가 계속해서 덮쳐올 뿐만 아니라, 물리 간섭 불가라는 궁극의 방패가 되어 노인을 지켜주기도 한다.

——이것이 「죄」의 성령.

그로울리가 가진 이 역습형 성령은 죄의 발동 조건을 충족시켰을 때에는 가장 부조리한 강력함을 지니게 된다.

「요컨대 이런 건가? 나의 공격은 네놈도 아바타도 절대로 받아들이지 않는다. 그러나 네놈은 나를 일방적으로 공격할 수 있다.」

"그렇다."

「지나치게 부조리하지 않나? 너무 지독해서 오히려 빠져나갈

길이 숨겨져 있을 것 같은데.」

"없어. 그래서 무적인 거야. 제국군의 폭격이든 독가스든 미사일이든, 그 무엇도 나를 쓰러뜨리지는 못했다. 이렇게 70년이나 살아남은 것이 그 증거야."

「………….」

"당주라는 칭호는 허명이 아닌 거지."

조아를 통솔하는 당주 그로울리.

제국군이 과거에 퍼부었던 온갖 포격도 결국 이 노인을 쓰러뜨리지는 못했다. 조아 가문의 가면 경과 키싱이 그를 경모하는 이유도 그것이었다.

"내 다리가 불편하지 않았다면 제도는 50년 전에 재가 되었을 거야."

「──미래가 현재에 못 미침을 어찌 알랴.」

제국인이 읊은 한 구절.

상상도 못 했던 그 반응에.

"……뭐라고?"

휠체어에 탄 노인은 미심쩍다는 듯이 눈을 가늘게 떴다.

오래된 관용구 한 구절이었다.

──과거의 위인에게 현재의 젊은이가 못 미친다고 어찌 장담할 수 있겠는가?

어떤 과거의 영광도 반드시 미래에 의해 추월당한다. 그것은 틀림없이 「전력(戰歷) 70년」을 자랑하는 이 노인에 대한 조소일 것이다.

게다가 그것은 좀 전의 「꽃이 피니 비바람이 심하도다」에 대한 답가이기도 했다.

「다리가 불편하지 않았다면……? 그런 가정적인 이야기로 과거의 영광을 과장한다. 그게 늙었다는 증거다. 마인.」

아바타의 저주를 받은 자신의 왼팔——.

이미 꼼짝도 안 하는 팔을 축 늘어뜨린 채, 사도성 제8위가 다시 지면을 박찼다.

잔상이 남을 정도로 빠르게 옆으로 점프. 등 뒤에서 소리 없이 공격해오는 아바타를 종이 한 장 차이로 피했다.

「네놈의 성령이 보통이 아니란 것은 인정해주마. 그러나.」

현 여왕을 「이빨 빠진 호랑이」라고 평가하면서도.

스스로도 그런 노화의 덫에 걸려버린 마인.

「성령이 약해지지 않더라도, 그걸 다루는 사용자는 늙은 게 아닌가?」

"하하!"

그로울리가 웃음을 터뜨렸다.

검버섯투성이 얼굴을 마구 일그러뜨리면서 우습다는 듯이 입술을 끌어 올렸다.

"한낱 암살자인가 했더니 제법이구나. 오랫동안 보지 못했는데. **대화를 나눌 수 있는 실력자**는. 이봐, 젊은이. 이름을 말해봐."

「괴물에게 이름을 밝힐 마음은 없어. 아까 그렇게 대답했을 텐데?」

"내가 이름을 두 번이나 물었다. 흔한 일이 아니야."

「아, 귀도 늙었나?」

"건방진 놈."

그렇게 대꾸하면서도 노인은 즐거워하는 말투를 숨기려고 하지도 않았다.

"그러나 혈기만으로는 죽음을 피할 수 없어."

네임리스의 등 뒤에서 아바타가 점점 커지기 시작했다.

무한히 성장하는 죄의 성령. 인간의 허리까지 오는 크기였던 개는 머리가 셋으로 늘어났고, 키 큰 사도성이 우러러봐야 할 정도로 거대하게 변했다.

「마치 케르베로스(지옥의 번견) 같군. 어디까지 커지는 거지?」

"네가 힘이 다할 때까지. 최고 기록은, 그래. 이 달의 탑보다도 커졌을 거야."

네임리스를 밟아버릴 수 있을 만큼 성장한 케르베로스는 무섭도록 민첩하고, 또 기척이 전혀 느껴지지 않았다. 성령 에너지의 집합체라서 무음이었다.

그러나.

"허……."

당주 그로울리는 자기 눈을 의심했다.

붙잡지를 못한다. 한없이 성장하면서 추적을 계속하는 아바타가, 고작 인간 한 명의 속도를 따라잡지 못했다.

──사도성.

당주 그로울리가 제국군을 위협하는 존재이듯이, 이 네임리스라는 남자도 또 모든 성령술사를 위협하는 존재였다.

「네놈만 없애버리면 나의 죄인지 뭔지도 사라질 테지?」

네임리스가 노인에게 덤벼들면서 주먹을 꽉 쥐었다.

그때 그의 발밑에서 바닥이 고무공처럼 튀어 올랐다.

「증식?」

"성장만 하는 게 아니야. 네놈의 죄는 무한히 증식한다."

휠체어 바퀴 밑에서 사자처럼 생긴 아바타가 새로이 기어 나왔다. 거대한 케르베로스보다도 더 큰 놈이었다.

네임리스의 눈앞에는 사자. 등 뒤에는 케르베로스.

**완벽하게 피할 수는 없다.**

신체의 일부분이라도 닿는 순간 「저주」 부위가 썩어간다. 머리에 닿기라도 하면 그 순간 패배——그걸 눈치챈 사도성의 판단은 신속했다.

온몸을 팽이처럼 회전시켜서.

움직이지 않는 왼팔을 회전의 반동으로 억지로 휘둘러 들어 올렸다. 이를 드러낸 사자의 입을 향해.

「너에게 주마.」

자기 왼팔을 아바타에게 물려줬다.

아바타의 입이 봉인된 상태에서, 저주가 온몸에 도달하기 전에——네임리스의 왼쪽 어깨 아래의 팔이 통째로 소리 없이 떨어져 나갔다.

"……스스로 버린 거냐?!"

「어차피 의수다.」

어느 성령술사와 사투를 벌이다가 잃어버렸다──.

제국 병사는 모두 다 목숨을 걸고 싸운다. 사도성도 예외 없이 한 번쯤은 생사의 경계를 넘나든 적이 있었다. 본디 순혈종에게 도전한다는 것은 그런 것이다.

──그리고 지금.

의수였던 왼팔을 잘라내는 대신, 네임리스는 당주 그로울리의 코앞에 파고들 수 있었다.

"!"

그로울리에게 꽂히는 사도성의 주먹.

그 주먹을 손으로 받아내는 아바타가 있었다. 인간형 거인이 휠체어 밑에서 망자처럼 기어 올라왔다.

「……이건 뭐야.」

"두 번째 죄는 무겁다. 지금 너는 나에게 상처를 입힌 재범자가 된 거야. 「재범」의 죄는 처음보다 훨씬 무거워."

일곱 개의 대죄.

선제 · 재범 · 병기 · 무세(無勢) · 파괴 · 허위 · 배신──.

네임리스가 저지른 죄는 최초의 두 가지다. 그로울리의 어깨를 쇠막대로 찔러서 「선제」, 그리고 방금 그 공격으로 「재범」의 조건이 충족됐다.

고로 죄의 성령이 한순간에 폭발적으로 증식한 것이다.

"죄에 삼켜져라."

네임리스를 향해 다섯이나 되는 거인이 팔을 뻗었다.

게다가 케르베로스와 사자까지도 그에게 덤벼들었다. 한편 사도성은 왼팔을 잃었고, 오른쪽 주먹도 저주에 잠식되어 움직이지 않았다.

「쳇.」

거대한 아바타들에게 압살당하기 직전.

제국이 자랑하는 최상위 전투원은 짜증스럽게 혀를 차면서 오른발을 높이 치켜들었다. 그리고 일직선으로 바닥에 뒤꿈치를 내리쳤다.

"어리석긴. 그런다고 아바타가 주춤할 리──."

「있어.」

네임리스의 뒤꿈치가 노린 것은 바닥에 굴러다니던 자신의 왼팔. 그 의수였던 기계를 스스로 산산조각 낸 것이다.

──섬광.

의수에 장치해둔 「비장의 수단」이 터져서 홀 전체를 빛으로 뒤덮었다.

"……이 빛은, 설마 성령용 그레네이드(유탄)?!"

「물리 간섭은 받지 않아도 성령에 대한 간섭은 받을 테지?」

네임리스를 포위한 아바타들의 움직임이 멈췄다.

성령용 그레네이드──성령의 움직임을 방해하는 파장을 반경 30m에 퍼트린다.

단, 전개 시간은 「2초」.

그 2초 사이에 사도성은 아바타의 포위망을 0.x초 차이로 탈출해 홀 안쪽으로 달려갔다.

「네놈의 성령은 잘 봤다. 다음에는 처치해주마.」

"놓칠 것 같으냐?"

케르베로스가 네임리스를 쫓아 바닥을 박찼다. 이어서 거인 아바타도 추적을 개시했다. 탑의 벽과 천장을 파괴하면서, 도주하는 사도성을 쫓아갔다.

남은 것은 당주 그로울리 단 한 사람.

"…………."

사도성이 홀에서 사라진 것을 확인한 뒤.

"……방심한 것은 아니었는데. 건방진 제국 병사 같으니."

노인은 피를 뱉어내고 휠체어에서 굴러떨어졌다.

가슴에 꽂힌 주먹 때문에 늑골이 부서졌다. 그는 숨을 거칠게 내쉬면서도 온몸에 힘을 주고 가까스로 다시 휠체어에 올라탔다.

"넌 도망치지 못해. 죄의 성령은 이 황청 끝까지라도 네놈을 계속 쫓아갈 것이다."

그러나.

조아 가문의 당주 그로울리조차 눈치채지 못했다.

네뷸리스 왕궁의 중심에서 이미 이 나라가 붕괴하기 시작했다는 것을.

# 4

여왕궁.

별과 달과 태양의 탑이 있는 이 왕궁에서, 그 탑들의 중앙에 우뚝 서 있는 이 탑은 네뷸리스 여왕을 위해 존재하는 무적의 요새였다.

성령이 창조해낸 「살아 있는 미궁」.

우선 달과 요일에 따라 통로의 출구가 바뀐다.

게다가 각 층은 성령 에너지로만 움직이는 엘리베이터에 의해 제어되고 있어서, 제국군이 침입하려고 해도 엘리베이터 하나 작동시키지 못한다.

침입 불가능.

그것이 황청의 모든 이들이 100년 동안 품어온 여왕궁에 대한 신뢰였다.

그 100년의 신뢰가 무너질 때가 왔다.

여왕의 방——.

포도주색 융단이 깔린 이 고요한 방은, 지금은 창문을 통해 외부의 폭풍이 거세게 들이닥쳐 휘몰아치는 바람에 평소의 고요함이라곤 찾아볼 수 없었다.

얼어붙을 듯 차가운 밤바람과 피부를 태우는 불티가 한데 뒤섞였다.

그런 혼돈의 공기 속에서.

"네뷸리스 여왕이여."

제국군이 보내온 자객의 선고가 여왕의 방에 메아리쳤다.

아니, 어쩌면.

천제의 호위병을 한낱 「자객」이라고 부르는 것은 잘못된 것일지도 모른다.

"느긋하게 할 생각은 없어. 어차피 몇 분 안에 왕궁 수호성들이 달려올 테지. 그러니까."

사도성 제1위 「순(瞬)」의 기사 요하임.

갑주와 코트가 일체화된 전용 전투복을 입은 남자. 이 주홍 머리 위장부가 한 발 앞으로 다가왔다.

겨우 한 발.

여왕 네뷸리스 8세가 그렇게 인식한 것과 거의 동시에, 여왕의 앞머리가 바람에 심하게 흐트러졌다.

풍압? 겨우 한 발 다가왔는데?

"지금 여기서 잠들어라."

위에서 날아오는 얇은 칼날.

순간이동——이라고 착각할 정도로 순식간에 다가온 검사에게, 여왕은 눈을 크게 뜨고 소리를 버럭 질렀다.

"떨어져라!"

공기의 포탄.

홀의 천장에 저장된 방대한 공기의 덩어리가 진짜 마녀의 주문으로 바닥에 큰 구멍을 뚫어버릴 탄환이 되어 뚝 떨어졌다.

그와 동시에 그 강력한 하강기류가 여왕을 지키는 투명한 벽이 되었다.

——여왕은 2층 계단의 층계참으로.

——사도성 요하임은 여왕의 방 출입문 부근까지 밀려났고.

휘몰아치는 바람이 이 공간을 훑고 지나갔다.

"「정적의 바람」의 밀라. 그 별명과는 달리 거친 기술이군."

"도대체 몇 십 년 전의 이야기를 하는 겁니까?"

층계참에서 제국 검사를 내려다보면서.

여왕 밀라베어 루 네뷸리스 8세는 흐트러진 앞머리를 손으로 매만졌다. 충동적으로 자기 가슴에 손을 대려다가 자제했다.

몹시 빠르게 뛰는 심장의 고동.

그것은 말로 설명할 필요도 없었다. 사도성이 겨우 한 발 접근함으로써 자신의 품속까지 파고들 뻔했다는 사실. 그 충격에 의한 격앙이었다.

"밀라베어 루 네뷸리스 8세——바람의 성령의 아종인 「대기」의 성령술사. 바람을 조종하는 것이 아니라, 공기 자체를 조종하는 자."

보고서를 읽는 것처럼 제국 검사 요하임이 무감정한 목소리로 말했다.

"전장에 등장했을 때는 열한 살. 그 후 10년 동안 순혈종 중에서는 최다 출격 횟수를 자랑하면서 제국 영토를 3%나 쟁탈. 마녀

이면서도 뛰어난 무예와 암살 기능을 지닌 황청 최고의 실력자로서, 사상 최강의 여왕 후보로도 인정을 받았다."

"…………."

**"그러나 쇠약해졌군."**

도발이 아니었다.

단순한 통고. 사도성 제1위가 이어서 말했다.

"그 강력한 힘은 감정 없는 전투 인형이 되어 전장에서 갈고닦은 것. 여왕으로서 국민 앞에서 웃는 얼굴을 만들어내고 또 지루한 회의 시간에 가만히 앉아 있기만 하면, 강철도 녹슬 수밖에 없지."

"제국인이 마치 직접 본 것처럼 자신의 상상을 이야기하는군요."

"봤어."

가느다란 장검을 천천히 들면서 말했다.

"이 성에 있는 자들이."

"그런가요."

밀라베어 여왕에게 그런 사실은 의미가 없었다.

배신자가 있다.

그것이 자신과 가까운 사람이란 것은 거의 확신하고 있었고, **실은 딸 중에 누구인지**도 이미 머릿속으로는 추측이 끝났다.

"취사선택입니다."

단둘이 있는 홀에서 밀라베어 여왕의 목소리가 울려 퍼졌다.

"힘이 약해진 것은 아무래도 좋습니다. 여왕으로서 황청을 지킬 수 있다면, 그게 올바른 선택이겠지요."

제국 검사의 등 뒤에서는 주사위 모양으로 절단된 문의 잔해가 굴러다니고 있었다.

……호위병은 아직도 안 왔나?

……이런 굉음이 발생하면, 근처에 있는 경비병이 가장 먼저 눈치챌 텐데.

이 여왕궁의 방어 시스템은 크게 두 종류로 나뉜다.

여왕을 비롯한 요인들을 호위하는 「왕궁 수호성」과, 침입자를 사냥하는 유격대 「룰러(지배성)」. 그들은 하나같이 진정한 실력자였다.

그런 그들이 단 한 명도 오질 않는다니. 단순히 의아한 성노가 아니라 비정상적인 일이었다.

……방문 앞에 있던 호위병들은 이 검사에게 패배했나?

……아니면 다른 사도성도 여왕궁에 침입해서 전투 중인가?

적의 일거일동을 관찰하면서.

머릿속에 떠올린 것은 호위병 중 누구도 아닌 차녀 앨리스리제의 얼굴이었다.

아직 열일곱 살인데도 전력으로서는 확고부동한 루 가문의 비장의 카드. 시간상 이미 이 왕궁에 도착했어야 했다.

"빙화의 마녀를 기다리는 것이냐."

"?!"

속내를 들켰다.

그 충격과 초조함 때문에 여왕의 사고가 일순 정지했다.

——요하임의 모습이 일렁거렸다.

여왕의 방이 흔들릴 정도로 강한 충격을 주면서 바닥을 박차고 나간 검사가, 눈 깜빡임조차 허락하지 않는 유려한 솜씨로 눈앞의 허공을 후려쳤다.

"아니, 내 기술이?!"

밤 사이클론(폭탄 저기압).

급속히 발달한 저기압을 가리키는 기상 용어인데, 밀라베어 여왕의 기술은 말 그대로 보이지 않는 기뢰를 뜻했다.

거기에 닿은 사냥감을 태풍급 소용돌이 속으로 끌어들인다.

제대로 사용하면 제국군 전차조차 행동 불능으로 만들어버리는 기술. 그런데 요하임은 그 시작 단계의 바람의 전조를 감지하자마자, 그 공기를 검으로 잘라냈다.

말도 안 돼.

이 검사가 아무리 엄청난 달인이어도, 여왕의 기술의 정체를 모른다면 대응하는 것은 불가능하다.

"역시 공모자가……!"

"정보전이야. 정공법으로 너를 쓰러뜨릴 생각 따윈 처음부터 없었어."

**"일리티아군요."**

검사는 침묵했다.

단지 똑바로 검을 내리쳤을 뿐. 밀라베어 여왕이 펼치는 바람의 결계에 휘말리면서도, 사도성의 검은 그 바람을 가르며 전진

97

했다.

오싹하리만치 차가운 감각.

뺨에 딱딱한 것이 닿은 순간, 밀라베어의 뺨에서 붉은 물방울이 확 터져 나왔다.

"윽?!"

어디까지 베였지?

뺨의 표면? 아니면 뺨의 안쪽 살까지? 자신의 부상을 파악할 시간조차 없었다. 그저 전력으로 뒤로 뛰었다.

빠르다. 아니, 이 검사의 거동을 그렇게 표현하는 것은 옳지 않다.

무섭도록 날카롭다.

단순히 빠르기만 하다면, 밀라베어가 펼친 바람의 결계를 돌파하지 못할 것이다. 속도와 힘이 어마어마하게 높은 차원에서 균형을 이룬 기동력이었다.

"이걸로 끝이다."

"――――――나를 너무 얕보는 게 아닌가요?"

두 사람의 움직임이 멈췄다.

네뷸리스 8세가 성령술을 쓴 게 아니다.

여왕의 눈앞까지 다가온 사도성 요하임이 층계참에 발을 걸치자마자 스스로 발을 멈춘 거다.

――여왕의 안광.

차녀 앨리스, 그리고 삼녀 시스벨이 있었다면 제 눈을 의심했을 것이다.

딸들에게는 한 번도 보여준 적 없는 순혈종 밀라베어 루 네뷸리스 8세로서의 기계처럼 무기질적인 눈빛이었다.

"……하는 수 없군요. 호위병도, 앨리스도 당분간 오지 않을 것 같으니."

스르륵 하고 옷자락 스치는 소리를 내면서.

여왕의 드레스 중 어깨를 덮었던 두툼한 상의 부분을 벗어 던졌다. 총알과 날붙이를 막아주는 갑옷을 스스로 벗고 가벼운 차림이 된 것이다.

"여왕의 방을 내 손으로 부수는 것은 원하는 바가 아닙니다만."

삐걱.

밀라베어 루 네뷸리스 8세의 주위에서 울려 퍼지는 기괴한 소리. 그것은 대기의 성령이 꿈틀거리기 시작하면서 발생한 공기의 단층 현상에 의한 것이었다.

억눌렀던 성령의 해방.

"이것으로 종연(終演)입니다."

"…………."

네뷸리스 여왕의 선고를 침묵으로 받아들이는 사도성 제1위.

그 남자에게서 흘러나온 것은――.

"역시 이해하지 못했군. 내가 「누구」인지."

더할 나위 없이.

극도로 상대를 업신여기는 동정적인 탄식이었다.

# Chapter.3
# 『마녀사냥의 밤 : 종장』

the War ends the world /
raises the world

# 1

루 가문의 별장——.

총성이 울려 퍼지고, 부서진 창문에서 불꽃이 솟구쳤다.

선투의 소음은 서택 부시 바깥까지도 들려서, 제국군의 진격에 겁먹은 주민들의 관심을 끌기에는 충분했다.

술렁술렁.

루-에르츠 궁전 부지 바깥까지 경비대도 달려왔다.

"제국군이 습격했다고?! 이런 곳까지?!"

"아까 그 총성…… 설마, 여왕님의 별장을 노린 건가?!"

목격담도 점점 많아졌다.

제국군 차림을 한 사람들이 도로를 통과해 루-에르츠 궁전 부지로 돌격했다는 것이다.

"——이 성의 바깥에서 이미 대세는 기울었다."

루-에르츠 궁전, 1층 홀.

분진이 쌓인 바닥을 밟으며 걸어오는 히드라 가문의 당주 탈리스만.

"여기는 루 가문의 별장. 근처에 사는 주민들도 루 가문을 신봉하는 자들이 대부분이지. 그런 그들이 제국군 차림을 한 무장 병사들이 이 성으로 돌입하는 장면을 봤다."

"봤다고? 일부러 보여준 거겠지."

탈리스만의 온화한 눈을 노려봤다.

——신사의 탈을 쓴 아수라.

쿠데타를 주도한 이 남자는 이렇게 적에게 말을 걸어서 적의 주의를 흐트러뜨리는 것이 특기였다.

그리고 지금도.

"어느 쪽이든 상관없어. 중요한 건 그걸 본 주민들이 「여왕의 별장이 제국군의 습격을 받았다」고 철석같이 믿고 있다는 거야."

양복 가슴팍으로 손을 뻗었다.

히드라 가문의 당주가 꺼낸 것은 소형 통신기였다. 이스카도 틀림없이 본 적이 있는 것. 제국의 통신기였다.

"날이 밝으면 이 황청의 백성들은 크게 분노할 테지. 제국군에 대해서. 그리고 제국의 침입을 허용한 현 여왕의 정권에 대해서."

"…………."

"아, 이 통신기가 신경 쓰이나? 제국 것과 비슷하게 만든 모조품이야. 이 저택에 오기 전에 귀여운 부하와 대화를 좀 했거든. 이제는 안 쓸 거야."

통신기를 발치에 던졌다.

무심한 듯한 이 동작조차도 계산된 것이었다. 루 가문의 저택에 제국군의 통신기가 남아 있으면, 제국군이 쳐들어왔다는 증거가 될 것이다.

"자, 그럼 난 먼저 가볼게."

"……뭐라고?"

탈리스만의 입에서 나온 말에 이스카는 미간을 찌푸렸다.

"그게 무슨 뜻이야? 아직 시스벨은——."

"왕궁이 제국군의 습격을 받고 있는데 왕가를 통솔하는 당주가 계속 자리를 비운다면 아무래도 부자연스럽지 않겠나?"

양복 옷깃을 깔끔하게 매만지면서.

**"처음부터 패배했던 거야. 너희들은."**

신사를 연기하는 아수라는 그런 한마디를 뱉어냈다.

"우리가 이 계획에 몇 년을 투자했는지 아나? 내가 직접 이 저택에 왔는데도 일이 해결되지 않을 가능성도 당연히 생각할 수밖에 없었지. 어쩌면 이 저택에 남아 있는 사람이 자네가 아니라 앨리스 군이었을 가능성도 있었으니까."

"…………."

"사도성 이스카, 자네들은 고작 네 명이서 잘 싸웠어. 시스벨 군을 지키려는 그 헌신적인 마음가짐은 감탄스러울 정도야. 그러나 우리의 목적은 이미 달성했어."

이스카는 침묵했다.

……무슨 뜻이지?

……설마 이미 시스벨을 빼앗긴 건가? 아니, 이것도 속임수의 일종?

여기서 자신이 판단할 수 있는 수단은 없었다.

그렇다면——.

"도망치게 놔둘 것 같아?"

흑강의 성검 칼끝으로 탈리스만의 목을 겨누었다.

"이토록 요란하게 총성이 울리고 폭발이 발생했어. 수상하게 여긴 경비대가 저택으로 쳐들어올 수도 있지. 그때 너를 발견하면 어떻게 될까?"

"이 사건의 주모자가 나라는 사실을 알게 될 테지."

"네가 도망치려고 하는 이유도 실은 그거잖아? 성 주변에 사는 주민들에게 네 모습을 들키기 전에 멀리 도망치려는 거지."

그러니까 놓치지 않을 것이다. 히드라 가문의 당주가 여기 있다. 그 사실이 밝혀지기만 해도, 히드라의 음모는 쉽게 무너질 것이다.

"글쎄, 어떨까?"

달그락달그락.

탁탁…….

탈리스만의 발밑. 바닥에 있는 돌멩이가 움직이기 시작했다.

그뿐만이 아니었다. 벽 근처에 흩어져 있는 100kg이 넘는 잔해나 샹들리에 파편까지도 바닥 위로 미끄러지듯이 일제히 움직였다.

"이건……?!"

"감이 좋군. 자네의 그 반응을 보니, 「이것은 내 파동이 아니다」란 것을 눈치채고 경계하는 것 같은데. 맞아. 이건 내 성령술이 아니야."

파동의 성령술은 「으스러뜨린다」 「날려버린다」처럼 힘으로 파괴하는 게 특징이다.

이렇게 잔해들을 끌어당기는 능력이 아니다.

탈리스만의 등 뒤—— 부서진 문 바깥에 있는 정원을 향해, 수백 킬로그램이나 되는 잔해들이 바닥을 기면서 모여들고 있었다.

……이 현상은 뭐지?

……처음 보는 상황이 아니었다. 어디선가 비슷한 장면을 보았다.

다만, 그걸 생각하는 데 집중력을 할애할 여유가 없었다.

조금이라도 빈틈을 보이면 탈리스만이 도망칠 테니까.

"아까 내가 통신기로 부하와 대화했다고 말했을 텐데. 보충설명이 필요한가?"

바닥에 떨어진 통신기를 구둣발로 밟는 히드라 가문의 당주.

그는 유쾌하게 들뜬 목소리로 말했다.

"좀 전에 말이지. 국가 반역죄로 투옥됐던 「마녀」가, 네뷸리스 왕궁 감옥에서 빠져나왔다. 그 녀석과 대화를 나눴던 거야."

"마녀?"

그 단어에는 두 가지 의미가 있었다.

제국에서는 성령술사 전반을 가리키는 멸칭이지만, 성령술사가 누군가를 마녀나 마인이라고 부른다면 그건 「대역죄인」을 의미한다.

"자네도 아는 아가씨야. 눈치챘지?"

"……뭐라고?"

"저번은 자네에게 당했지만, 이단 심문 격리실 따위로 그 아이를 가둬놓을 수 있다고 생각했다면 큰 착각이야. 왕궁의 혼란을 이용한다면 더더욱 그렇지. 그 아이는 이미 인간이 아니라 **진정한 마녀가 되었으니까.**"

달그락…… 달그락달그락.

탈리스만이 이야기하는 도중에도 오만 가지 엄청난 양의 잔해들이 성 밖으로 빨려 나가고 있었다.

인력? 아니다. **마치 거대한 중력에 의해 끌려가는 것 같았다.**

마녀. 그리고 중력.

여기서 연상되는 마녀는.

"설마?!"

"그럼 잘 가라. 몽상가 사도성."

양복 자락을 펄럭이면서 히드라 가문의 당주 탈리스만은 가볍게 몸을 돌리더니.

바닥을 박차고 문을 향해 날아갔다.

안 돼.

이스카의 뇌리에 떠오른 최악의 가능성은, 저 원흉이 도망치는 것이 아니었다. 지금 실시간으로 끌려가고 있는 잔해들.

　그런 식으로 발동되는 성령술을 그는 본 적이 있었다.

　"잠깐, 기다————."

　"끝내라. 비소와즈."

　——극포(極砲)「시체의 마탄(魔彈)」.

　고성의 커다란 홀 하나 분량의 잔해들.

　수십 톤이나 되는 질량을 하나로 뭉쳐놓은 그 탄환은 이스카를 비롯하여 루-에르츠 궁전 1층 전체를 깨끗이 날려버렸다.

　　　　　　　————————

　루-에르츠 궁전 3층.

　진이 이끄는 제907부대가 눈 골렘에게 쫓기다가 올라간 그곳에는, 새하얀 눈으로 뒤덮인 겨울 풍경이 펼쳐져 있었다.

　——백야의 마녀 그뤼겔의 성령술.

　고성 안에 눈이 쌓여 있었다.

　어찌 보면 환상적이기도 한 설경. 그러나 이것이 겉보기처럼「평범한 눈」일 리는 없었다.

　"……자객은 없나? 부하들을 치워버린 건가?"

　"진 오빠, 뒤에! 골렘이 벌써 바짝 따라왔어!"

맨 뒤에 있는 네네가 소리쳤다.

2층 계단의 골렘이 쿵쿵거리면서 3층으로 올라오고 있었다.

"일단 저 안쪽까지 뛰자."

"아, 알았어요! 알았으니까, 손 놓지 말아요!"

시스벨이 필사적으로 손을 붙잡았다.

맨 앞에 있는 진과 시스벨이 눈을 밟은 순간──진의 발목에 강렬한 통증이 느껴졌다.

"크윽?! 네네, 보스, 멈춰! 이 눈을 밟지 마!"

"어, 왜 그러세요?!"

"넌 괜찮아?"

"네. 뭐가 문제────헉!"

눈에 푹 들어간 진의 발을 보고 시스벨이 비명을 질렀다.

점점 붉게 물들어가는 눈.

**"이 눈이 물어뜯었어.** 철판을 넣은 제국제 신발이 아니었으면, 신발까지 통째로 뜯겨나갔을 거야."

고통을 참으면서 발을 빼냈다.

신발에 달라붙은 핏빛 눈이 마치 유리 파편처럼 날카롭고 단단한 결정으로 변해 있는 것이 보였다.

"이, 이러면, 바늘 위를 걷는 거나 마찬가지잖아요!"

"그건 나도 알아. 그보다 지금은 추리를 해봐야 해. 왜 나만 눈한테 물어뜯기고 너는 무사한 거지?"

"네? 그건……."

눈앞에 있는 설경을 가만히 보면서 시스벨이 미간을 찌푸렸다.

"성령술로 만들어낸 생성물 중에는 성령 에너지의 유무로 반응하는 것도 있어요. 왕궁 문이나 엘리베이터 같은 것————아, 이, 이건 실언이었어요. 잊어주세요."

"어, 됐으니까 계속해."

"그, 그러니까! 이 눈은 성령이 없는 사람만 물어뜯는 거예요!"

"그럼 문제없네. 보스, 출격할 차례야."

"……역시 내가 해야 해?! 어휴, 대장을 너무 함부로 부려 먹는다니까!"

미스미스는 과감하게 선두에 나서더니, 바닥에 쌓인 눈을 휘껏 찼다.

——마녀라면.

진과 네네가 건드리지 못하는 눈도 걷어차서 치울 수 있다.

"잘한다, 보스. 계속 그렇게 성가신 눈을 발로 치워줘. 이제 남은 것은…… 이놈인가."

굉음이 통로를 흔들었다.

납작 기어서 계단을 다 올라온 골렘. 진은 그쪽을 돌아봤다.

"하는 수 없지. 좀 더 아껴두고 싶었는데."

"진, 소용없어요. 성령술로 만든 골렘에게는 총탄 따윈——."

"태우자."

"네?"

진이 뭔가를 던졌다.

허공을 날아오는 병에 골렘이 반응해서 그것을 깨뜨린 순간, 자극적인 알코올 냄새가 시스벨의 코를 찔렀다.

"술?!"

"만찬회 테이블에 올라왔던 스피리터스(증류주)다. 한 병 가져왔지."

알코올 도수 93%.

술이라는 것은 이름뿐. 작은 불씨만 있어도 격렬하게 타오르는 이 액체는 가솔린이나 다름없는 화기 엄금 위험물이었다.

"눈으로 된 인형이라는 게 단점이셨네."

진이 라이터를 골렘에게 던졌다.

스피리터스에 불이 붙었다. 눈 거인은 눈 깜짝할 사이에 새빨간 화염에 휩싸였다. 그리고 그 불이 주위의 눈도 녹이기 시작했다.

그런데.

"……칫."

승리감을 맛볼 여유도 없이 진은 혀를 찼다.

흔들흔들 일렁이는 불꽃 저 안쪽에서. 바닥에 쌓인 눈이 응축되더니 거기서 새로운 눈 병사가 태어나기 시작한 것이다.

골렘이 아닌 인형.

한 마리 한 마리의 크기는 네네와 비슷했다. 골렘보다 작지만 그만큼 기민한 인형들이 일제히 불꽃을 향해 달려들었다.

"……억지로 불을 뚫고 돌진하려는 건가."

"진 군, 이쪽이야! 여기 맨 끝에 있는 방, 아무도 없어!"

통로 끝에 도착한 미스미스가 방문을 열고 손짓했다.

눈 위에 남아 있는 미스미스의 발자국——눈으로 뒤덮인 복도에서 이 발자국 부분만은, 눈에 닿지 않고 달릴 수 있는 코스였다.

"네네, 보스가 뛰어간 발자국만 밟고 가. 눈은 건드리지 마."

"알았어, 진 오빠."

미스미스의 발자국만 밟으면서 복도를 따라 뛰었다.

막다른 곳에 있는 방에 도착했을 때. 그 자리에 있는 모두에게 눈짓했다.

"전원 안으로 들어가, 문 닫는다!"

방 안으로 뛰어 들어가자마자 진이 안에서 문을 잠갔다.

그대로 벽에 몸을 딱 붙이고 숨을 죽였다.

"저, 정말 이런다고 숨을 수 있나요……?!"

"글쎄. 어차피 확실하게 도망칠 수 있는 수단은 없어."

어깨를 들썩이며 헉헉거리는 시스벨에게 진은 진지하게 대꾸했다.

궁지에 몰린 것은 분명했다. 여기가 2층이라면 창문 밖으로 뛰어내리는 것도 가능하지만, 3층 높이라면 일반인이 뛰어내리기는 어려웠다.

"도망칠 방법은 하나밖에 없어. 그 할멈을 어떻게든 처리하고 2층으로 돌아간다. 그리고 또 어떻게든 해서 다른 병사들도 따돌리고, 빈방의 창문을 통해 정원으로 뛰어내린다."

"불확정 요소가 너무 많지 않아요?!"

"쉿."

네네가 뒤에서 시스벨의 어깨를 잡았다. 시스벨은 움찔! 하고 온몸을 부르르 떨었다.

──저벅.

눈을 밟고 걸어오는 무수한 발소리.

화염을 뚫고 온 눈 인형들의 발소리인데, 문제는 그 숫자였다. 저벅, 저벅, 군대가 행진하는 것처럼 삼엄한 기척이 가까이 다가오고 있었다.

"……집념이 굉장한 할머니시군. 부하를 한계까지 늘렸나 봐."

눈 인형에게는 총탄은 통하지 않는다.

그리고 성령술로 움직이는 인형의 완력은 인간보다 훨씬 더 강하다. 한번 붙잡히면, 진조차도 상대를 떨쳐내지 못할 것이다.

"흐음? 어디 방에라도 숨었나."

문 하나를 사이에 두고 들려오는 노파의 웃음소리.

동화 속에 등장하는 마녀 그 자체였다. 듣기만 해도 등골이 오싹해지는 쉰 소리.

"눈은 흙과는 다르지. 골렘도 열로 녹이면 돼. 당연한 이치야. 그러나 흙의 성령은, 흙이 있는 곳이 아니면 쓸 수 없지. 그것이 반대로 눈의 성령의 강점이 되는 거야. 어떤 곳에서든 눈을 내리면 되거든."

저벅, 저벅……

눈 인형을 거느린 노파가, 눈 쌓인 바닥을 밟고 천천히 전진한다.

"이곳은 이미 눈의 세계야. 그리고 이것을 보려무나. 눈 속을 필사적으로 뛰어간 것은 칭찬해주고 싶다만, **너희들이 도망친 경로의 발자국이 선명하게 남아 있지 않느냐.**"

"!"

"——조용히 해."

비명을 지를 뻔한 시스벨의 입을 진이 다짜고짜 손으로 막았다.

복도 끝까지 이어진 발자국.

그 문 앞에서 사라진 발자국을 가리키면서 눈을 가늘게 뜨고 히죽 웃는 마녀 그뤼겔의 모습이 머릿속에 생생히 떠올랐다.

"그 방에 틀어박혀서 문을 잠그고, 추격자가 오기 전에 어떻게든 3층에서 바깥 정원으로 뛰어내릴 방법을 찾아내려는 것이냐? 하기야 방법은 그것밖에 없을 테지만. 그럴 시간을 주지는 않을 거다. 그래서 이 인형이 있는 거야."

기척이 폭발했다.

"해치워. 문을 부숴버려!"

눈의 군대가 문에다 몸통 박치기를 했다.

수십 마리나 되는 인형들의 돌진에 의해 문이 산산조각으로 부서졌다. 방에 뻥 뚫린 구멍을 통해 인형들이 눈사태처럼 밀려들어 갔다.

"제국 병사는 눌러 죽여. 시스벨 양만 따로…………음?"

없었다.

인형들이 돌입한 방의 거실이나 침실에는 아무도 숨어 있지 않았다.

목욕탕도 화장실도 텅 비어 있었다.

"설마?! 그놈들이 이렇게 빨리 밖으로 뛰어내렸다고……?"

**"당신 뒤에 있어. 할멈."**

"……뭣이?!"

뒤에서 울려 퍼진 제국 병사의 발소리에 노파가 온몸으로 전율했다.

어떻게?

맨 끝의 방에 숨어 있어야 할 제국 병사가 어째서 내 뒤에 있는 거지?

이해할 수 없는 현실에 직면하여 뒤를 돌아보지도 못하는 마녀 그뤼겔을 향해.

"우리가 숨은 곳은 맨 끝의 방이 아니야. 끝에서 세 번째 방이었다."

"뭐라고……?"

"제국군 대장을 너무 얕보셨군. 우리 보스는 굼뜨고 얼빠진 사람이지만, 바보는 아니야."

미스미스가 외쳤던 말.

"진 군, 이쪽이야! 여기 맨 끝에 있는 방, 아무도 없어!"

맨 끝에 있는 방에 숨을 예정이라고.

보스는 일부러 그뤼겔에게 들리도록 그런 거짓말을 했다.

"하, 하지만, 발자국은 남아 있었는데!"

"뒷걸음질로 돌아온 거지. 눈 위의 발자국을 맨 끝의 방까지 남겨놓고, **그 발자국을 다시 밟으면서 뒤쪽 방까지 뒷걸음질한 거야.**"

"말도 안 돼!"

자연계에 존재하는 도주 방법이다.

포식자에게서 도망치기 위해 눈토끼는 본능적으로 이런 행동을 한다. 살기 위한 약자의 지혜가 마녀를 능가한 것이다.

"제국 병사를 너무 얕보셨어. 할멈."

"——이 제국의 천한 것들이!"

"잠이나 자."

권총 총구로 뒤통수를 때렸다. 성령술을 발동시킬 기회도 없이 의식을 잃은 마녀는 눈 융단 위에 털썩 쓰러졌다.

"……이, 이제, 우리는 괜찮은 거예요?"

앞에 있는 방에서 시스벨이 고개를 내밀었다.

기절한 노파를 내려다보며 휴 하고 안도의 한숨을 내쉬었다.

"아, 아뇨. 아직 안심할 때가 아니죠. 다른 자객들의 모습이 보이지 않는 것은, 아마도 이 마녀의 성령술에 휘말리지 않으려고 철수했기 때문일 테니까요. 그들이 사라진 이 틈에 빨리 도망치지 않으면…… 이 마녀를 두고 가는 것은 마음에 걸리지만요."

"아냐, 이 할머니는 무시하자."

쓰러진 노파를 내려다보면서 미스미스가 즉시 고개를 옆으로 흔들었다.

"우리가 이 저택에서 도망치는 것이 우선이야. 실은 인질로 삼고 싶지만, 이 상황에서 이런 할머니를 누가 업고 뛰겠어?"

"그, 그래요, 알았어요. 그럼 2층으로 서둘러 내려갑시다. 고용인의 방에서 밖으로 뛰어내리는 것도 가능할 거예요!"

시스벨이 계단을 가리켰다.

그 순간.

──극포「시체의 마탄」.

마녀의 조소가 어디선가 들려왔다. 그들이 그 웃음의 의미를 이해하기도 전에──

고성 1층이 날아가버렸다.

시스벨도, 제907부대 세 사람도.

별장을 습격한 히드라 가문의 무장 병사조차도 그 충격에 모두들 의식을 잃었다.

2초?

아니면 10초 이상?

얼마나 긴 시간이 흘렀는지는 모른다.

지상 1층이 통째로 날아가는 바람에 고성이 쓰러졌고——의식이 몽롱한 와중에, 제일 먼저 미스미스가 눈을 떴을 때는 사방이 온통 어둠으로 뒤덮여 있었다.

"·····················어?"

정신 차려 보니 자신은 옆으로 누워 있었다.

비스듬히 기울어진 복도.

고성의 전기 설비가 단선된 걸까. 천장의 불이 다 꺼져 있었다.

창문에서 들어오는 달빛 덕분에 가까스로 알아볼 수 있는 것은, 천장의 타일이 떨어졌고 벽의 초상화와 꽃병이 모조리 바닥에 나뒹굴고 있다는 것이있다.

"뭐…… 뭐야……, 무슨 일이 있었던 거야……?"

기울어진 바닥에서 조심조심 몸을 일으켰다.

"지, 진 군? 네네야? 어디 있어?"

부스럭. 누가 움직이는 기척이 났다.

옆구리를 누르면서 걸어오는 은발 저격수 진. 그리고 넘어질 때 입술이 찢어진 듯한 네네가 어둠 속에서 나타났다.

"이봐, 보스. 2층으로 내려가자고는 했지만, 성을 날려버리라고 한 적은 없는데."

"내가 한 거 아니거든?!"

"당연히 알지. 십중팔구 히드라 가문의 소행일 텐데…… 도대체 뭐지? 지금까지 봤던 무장 병사들의 발포 같은 게 아니야. 이 성을 무너뜨릴 생각인가?"

흐릿한 어둠 속을 몇 번이나 둘러보는 진.

그러다가 문득 중얼거렸다.

"호위 대상은 어디 있지?"

"어?! 아, 마, 맞다……. 시스벨 씨는 어디 있어?!"

보이지 않았다.

마녀라고는 해도, 이곳에 있는 그 누구보다도 연약한 소녀다. 방금 그 충격을 견디지 못하고 멀리 튕겨져 날아갔을 가능성도 있었다.


"후후~ 찾았다."


요염한 마녀의 웃음소리가 어두운 복도에 메아리쳤다.

확 타오르는 보라색 불꽃.

도깨비불처럼 흔들흔들 빛나는 성령광이, 창가에 있는 한 괴물을 비추었다.

"시스벨~ 찾았다. 어라, 안 움직이네? 아, 그냥 쓰러진 거구나. 난 또 내가 너무했나? 했는데. 안심했어."

의식을 잃고 쓰러진 소녀를 자기 어깨에 둘러메는 괴물.

——보라색 마녀 비소와즈.

잘못 볼 리 없었다.

새빨간 보석 같은 금속 형태로 응고된 붉은 머리카락. 온몸의 근육은 유리같이 변질되어서 마치 해파리처럼 그 뒤의 창문과 천장이 비쳐 보였다.

사투 끝에 이스카가 쓰러뜨렸던 괴물. 그것이 왜 여기 있는 거지?

"어, 어떻게……?!"

"응? 아~ 제국인이 아직도 있었네. 그럼 그뤼겔 할머니가 실패한 건가. 뭐, 그게 중요한 건 아니지만."

시스벨을 둘러멘 마녀가 이쪽을 돌아봤다.

이제야 겨우 제907부대의 존재를 눈치챈 듯한 말투로.

"감히 나를 감금할 수 있다고 생각해? 어휴, 말도 안 돼. 성령을 봉인하는 수갑 따위는 한낱 쇳덩어리야. 나를 봉인하려면, 「별의 백성」이 제련한 순도 높은 깃을 가져와야지."

**악몽이 되살아났다.**

지금까지 죽어라 싸웠던 백야의 마녀 그뤼겔조차도 이 「진짜 마녀」에 비하면 별것 아니라고 생각될 정도였다.

이것은 그야말로 인간이 아닌 괴물이니까.

"이제 시스벨은 확보했고. 너희들은 어떻게 할까? 이 저택과 함께 불태워줄까?"

"누, 누가 겁먹을 줄 알고? 시스벨 씨를 돌려줘!"

"――아~ 됐어, 관두자. 지금 나는 무척 기분이 좋거든. 좀 전에 복수에 성공해서. 너희들은 상대해봤자 시간 낭비니까 그냥 모른 척 해줄게."

"……복수?"

그렇게 물어본 사람은 진이었다.

"설마."

"전직 사도성 이스카라고 했나? 그 녀석, 방금 완전히 박살났어. 이 저택 1층과 함께."

마녀가 엄지를 거꾸로 세워 바닥을 가리켰다.

"이 3층도 바닥부터 기울어지기 시작했잖아. 몇 분만 있으면 무너질걸?"

"거짓말!"

네네가 어깨를 부들부들 떨며 소리쳤다.

"이스카 오빠가―――."

"시스벨 님?!"

네네의 포효에 이어서 비명이 어두운 통로에 울려 퍼졌다.

여러 사람의 발소리.

소리를 듣고 온 사람은, 저택 안쪽에 숨어 있던 소녀들 세 명이었다. 하나같이 가볍게 시종의 옷만 걸치고 있었다.

"아, 이 저택의 시종들이구나?"

"――헉?!"

인간이 아닌 괴물을 목격한 시종 세 명이 비명을 질렀다.

그러나 그 공포는 한순간. 마녀 비소와즈의 어깨에 걸쳐진 시스벨을 보더니, 소녀들은 분노한 눈빛으로 어금니를 꽉 깨물었다.

"시스벨 님!"

"네 이놈, 그분은 이 나라의 지보이시다. 당장 돌려보내라!"

"어머, 안됐네."

마녀의 냉소.

"너희 주인님은 이제 돌아가지 않아. 영원히."

"────그 입 다물어라!"

소녀 한 명이 흥분해서 호신용 나이프를 꺼냈다.

"시스벨 님을 놔줘, 이 괴물아!"

"멍청아, 그만둬!"

진이 급히 말렸지만, 너무 늦었다.

루 가문의 별장에서 일하는 시종들은 그 누구도 전투에 적합한 성령은 가지고 있지 않았다. 그들이 마녀 비소와즈를 상대하는 것은 불가능했다.

손에 쥔 호신용 나이프 한 자루로는────.

"아야~. 아야~?"

마녀의 옆구리에 나이프 칼끝이 푹 박혔다.

그러나 칼이 박힌 반투명한 육체에는 작은 구멍이 뚫렸을 뿐이다. 거기서 피는 한 방울도 흘러나오지 않았다.

"이딴 걸로는 나를 쓰러뜨리지 못해."

"괴, 괴물인가?!"

"난폭하게 구는 아이는, 그 벌로 더욱 난폭한 짓을 당하는 거야. 자, 이렇게."

"으…… 크억!"

마녀는 옆구리에 나이프가 박힌 채 소녀의 목을 붙잡았다. 천천히 목을 조르면서 그 얼굴을 가만히 들여다보더니.

"예쁜 얼굴이네. 과연 루 가문의 시종으로 선발될 만해. 태어나서 지금까지 쭉 행복하게 살아왔지?"

"아…… 윽."

"어디 얼굴을 불로 지져줄까? 평생 거울은 못 볼 거야."

"?! 아…… 안 돼……."

"후후, 소용없어. 용서해주지 않을 거——."

**"비소와즈."**

마녀의 미소가 얼어붙었다.

시종을 붙잡고 있다는 것조차 잊어버리고 뒤를 돌아봤다. 그곳에는 머리부터 먼지를 뒤집어쓴 검은 머리 소년이 서 있었다.

온몸에 검댕이 묻었지만, 부상이라곤 겨우 뺨과 이마가 좀 찢어진 것밖에 없었다.

"네가, 어떻게?!"

"……제법인걸. 너 때문에 **이번에도** 죽을 뻔했어."

이스카가 소지한 한 쌍의 성검.

그중 하나인 백의 성검은, 흑의 성검으로 봉인한 성령술을 딱 한 번 해방시킨다.

히드라 가문의 당주 탈리스만의 「파동」이 그토록 강대무비하지 않았더라면, 시체의 마탄에 의해 1층 전체와 함께 이스카도 박살났을 것이다.

——전에 봤던 성령술.

그 경험에 의한 0.0x초의 반응 차이가 생사를 가른 것이었다.

"너 진짜 뭐야, 초인이야?!"

마녀 비소와즈의 판단은 신속했다.

저번 싸움이 비소와즈의 골수에 새겨져 있었다. 이 제국 검사와 정면으로 맞붙는 것은 위험하다.

"시스벨을 내놔!"

"미안하지만 7초 늦게 오셨어. 용감한 기사님."

이스카를 향해 마녀는 자신이 잡고 있던 소녀 시종을 던졌다. 아니, 가볍게 던진 수준이 아니었다. 인간 포환처럼 투척했다.

"억?!"

"아하하하! 너를 해치우지 못한 것은 아쉽지만, 이제 끝났어."

이스카가 소녀를 받아냈다.

그 몇 초밖에 안 되는 시간에 이미 시스벨을 둘러멘 마녀는 창 밖으로 뛰쳐나갔다.

중력 제어를 이용한 공중부양.

이제는 이스카도 쫓아갈 수 없었다.

**"이 저택은 제국 병사가 파괴한 거야. 수백 명이나 되는 주민들**이 목격한 거지. 제국인인 너희들이 도망칠 곳은 없어."

"비소와즈!"

"안녕, 사도성. 이대로 성의 붕괴에 휩쓸려 사라져주길 바라."

천장이 삐걱거리는 소리가 났다.

시체의 마탄으로 지반이 무너진 바람에 저택 자체가 기울어지고 있는 것이었다.

"시스벨 님!"

"포기해."

창가로 뛰어가려고 하는 시종의 손을 이스카는 억지로 붙잡아 제지했다.

"이미 늦었어. 네 목숨을 우선해."

"이거 놔라, 제국인……! 네가 뭘 알아?! 저분은 루 가문의 지보이시다. 시스벨 님을 지키지 못한 시종에게 무슨 가치가 있다는 거냐!"

"우리가 구하러 갈게."

"──뭐?"

놀라서 눈을 크게 뜨는 소녀 시종.

이 제국인이 지금 무슨 헛소리를 하는 걸까. 뒤에 있는 시종 두 사람도 예상외의 전개에 말문이 막혀버렸다.

"시스벨은 우리가 구할 거다. 당장 구하러 갈 테니까, 너희는 저택을 탈출해서 안전한 곳에 숨어 있어."

"……그게 무슨…… 잠꼬대 같은……."

소녀는 이스카에게 붙잡힌 손을 자꾸만 빼내려고 했다.

"너희 제국군이 뭘 할 수 있다고, 뭘 믿으라고?! 지금 눈앞에서 시스벨 님이 납치됐잖아! 그걸 그냥 내버려 둔 너희들이 무슨 자격으로!"

"인질이 됐던 사람은 너잖아."

"!"

진이 잔혹한 사실을 제시하자, 소녀는 흠칫하면서 굳어버렸다.

"그때 이스카가 굳이 마녀의 이름을 불러서 적의 주의를 끌었던 이유가 뭔데? 이스카가 없었다면 네 인생은 불타서 끝났어."

"…………그, 그건……."

"인질이 없었으면 시스벨을 구할 수 있었을까? 아마 가능성은 반반이었겠지. 그 50%를 0%로 만든 건 너야. 네가 흥분해서 날 뛰었기 때문이라고."

그래서 말리려 했던 거다.

**멍청아, 그만둬!**라고.

이스카가 마녀의 뒤를 노리고 있었다. 그러니까 방해하지 마라
──시종들은 아무도 그것을 눈치채지 못했다.

"다시 한번 말할게. 시스벨은 우리가 찾아올 거야. 반드시."

마녀 비소와즈에게 박혔던 나이프.

이스카는 바닥에 떨어진 그 날붙이를 주워서 눈앞에 있는 소녀의 손에 쥐어 줬다.

"실패하면 내 목숨을 줄게. 이 나이프로 마구 난도질해도 돼."

"뭐라고?!"

"사정은 이야기할 수 없지만, 시스벨을 호위하는 것만은 우리도 목숨 걸고 해내기로 마음먹고 이 적국에 들어온 거야. 시스벨을 지키고 싶다면, 지금만은 우리가 시키는 대로 해줘."

"…………."

"거기 두 사람도."

이스카가 쳐다보자, 램프를 손에 든 소녀들이 퍼뜩 정신 차리고 고개를 들었다.

"남은 사람은? 숨어 있으면 당장 데려와. 곧 성이 무너질 거야."

"저, 저기, 그……."

"서둘러!"

"————아, 네!"

두 소녀가 저 안쪽으로 뛰어갔다.

유밀리샤, 아셰, 노엘, 시스테어, 나미——이 별장에서 일하는 시종은 다섯 명. 탈출한다면 다 같이 탈출해야 한다.

……안 그러면 내가 고개를 들지 못할 것이다.

……시스벨 앞에서, 그리고 앨리스 앞에서도.

"지금만은 우리 뜻에 따라줘. 그렇게 약속한다면 이 손을 놔줄게."

"알았……어요……."

시종 유밀리샤. 가장 나이가 많은 소녀가 자유로워진 손으로 나이프를 꽉 쥐더니 그 칼을 조용히 갈무리했다.

떨리는 입술을 깨물면서.

"오늘 밤만 따르겠습니다. 그래서 시스벨 님을 되찾을 수 있다면……."

## 2

네뷸리스 왕궁, 부지 안.

총성이 밤의 적막함을 깨뜨리고, 부지 여기저기서 터지는 비명이 망자의 원한처럼 귀에 들러붙었다.

……정신이 나갈 것 같아.

……전장의 최전선이라면 또 몰라도, 이 성에서 이런 불지옥 같은 광경이 펼쳐지다니.

"용납할 수 없어!"

드레스 자락을 휘날리면서 앨리스는 광장을 계속 뛰어다녔다.

병사들의 비명.

성령 부대원의 비명인지, 제국군 병사의 비명인지 구별조차 안 될 정도였다. 지금은 그저 끊임없이 불꽃을 내뿜는 큰불을 끄느라 바빴다.

"소방대, 연료 탱크의 불은 어떻게 됐어?!"

"아, 아직도 계속 타고 있습니다! 접근하고 싶어도 제국군이 숨어 있어서, 그놈들의 저격을 피해 간신히 불의 기세를 줄이는 것이 고작입니다!"

"……공격하기보다 불을 지키려는 거군."

제국군은 불이 저절로 번지기를 기다리기만 하면 되는 것이다.

내가 가볼게——.

목구멍까지 올라온 그 말을 앨리스는 필사적으로 삼켜 가슴속으로 밀어 내렸다. 지금 린이 부상자를 지하 대피소로 대피시키고 있었다.

……린, 뭐 하는 거니. 벌써 20분이나 지났는데.

……여기서 만나기로 약속했잖아.

단순히 시간이 걸리는 거라면 다행이지만, 최악의 경우에는 린이 제국군에게 습격당해 꼼짝 못 하게 됐을지도 모른다.

기다릴까? 찾으러 갈까?

10초가 1분처럼 길게 느껴졌다. 이를 악물고 자리를 지키는 앨리스. 그때 눈앞에서 흙으로 된 골렘이 엄청난 속도로 달려왔다.

"앨리스 님!"

"린?! 무사했구나, 다행이다. 부상자는 괜찮지?!"

"의무대와 연락하느라 시간이 좀 걸렸지만, 부상자들은 전원 루 가문의 지하 대피소에서 치료를 받고 있습니다."

린이 골렘에서 뛰어내렸다.

"히드라 가문에서도 호위병과 의료팀이 도와주러 왔습니다. **탈리스만 경이 보냈다고 하더군요.**"

"역시 탈리스만 경. 정말로 믿음직해."

"…………."

"린, 왜 그래?"

린의 표정은 씁쓸했다.

"저는, 비소와즈가 시스벨 님을 공격하는 모습을 봤으니까요."

"……응, 그랬지. 그건 알아."

히드라 가문의 사자(使者) 비소와즈가 동생을 습격했다.

그것도 기괴한 괴물로 변신해서——그 모습을 앨리스는 보지 못했지만, 린은 시스벨과 함께 목격한 것이다.

비소와즈의 흉행은 히드라 가문과는 무관하다.

그것이 당주 탈리스만의 해명인데, 진실은 알 수 없었다. 언젠가 등불의 성령을 지닌 시스벨이 이곳으로 돌아오면 진실이 밝혀질 테지만.

"앨리스 님! 급히 부탁드릴 것이 있습니다!"

일리티아의 근위병.

본디 인니의 개인실 앞에서 한시도 떠나지 않는 무장 부대의 일원이 상야등 불빛을 받으면서 이쪽으로 뛰어왔다.

"여왕의 방에, 자객이 침입했습니다!"

"……뭐라고?!"

굳어지는 목소리. 앨리스는 린과 얼굴을 마주 봤다.

"린?"

"아, 아뇨. 저도 그런 이야기는 못 들었습니다. 여왕궁 침입은 막아내고 있다고 들었……."

"사도성입니다!"

린의 말허리를 자르면서 근위병이 큰 소리로 말했다.

"여왕의 방에서 좀 떨어진 곳에서 호위병 두 명이 쓰러져 있는 것을 발견했습니다. 둘 다 중상을 입었고, 의료팀이 전력을 다해 지혈하고 있습니다."

"사도성……."

입안에서 그 단어를 굴려보았다.

앨리스가 한순간 뇌리에 떠올린 것은 이스카. 이어서 온몸을 광학 위장복으로 감싼 암살자 네임리스의 모습도 떠올랐다.

"당장 여왕님 곁으로 가라. 그 뜻이지?"

"아, 네. 그런데 물론 저는 여왕님의 안전도 부탁드리러 왔습니다만, 실은 제1왕녀님의 안전이 더더욱 걱정됩니다."

"무슨 소리야?"

"……그, 그것이, 그분이 별의 탑을 뛰쳐나가 **여왕의 방으로 가셔서……**."

핏기가 싹 가셨다.

그것이 무엇을 의미하는지. 린도 귀를 의심했을 것이다.

"어떻게 된 거야?! **아니, 일리티아 언니는 싸움이라곤 전혀 못하잖아!**"

"여왕님이 너무나 걱정돼서 도저히 가만히 있을 수 없다면서, 우리 근위병의 만류도 뿌리치고 그쪽으로 가셨습니다……."

무모했다.

여왕을 걱정하는 마음은 이해하지만 여왕궁에 자객이 침입한 상황에서 무력한 언니가 그곳으로 가다니. 자살행위나 마찬가지였다.

……인질로 붙잡히기라도 한다면 사태가 더욱 악화될 텐데.

……언니, 대체 왜? 그걸 모르진 않을 텐데?!

이해가 안 됐다.

혼란을 가중할 뿐이다.

"앨리스 님, 부디 제1왕녀님을 말려주십시오."

"당신은 계속 별의 탑에 있어. 내가 여왕궁으로 갈게. ──린."

골렘의 손을 타고 어깨로 올라갔다.

겨우 몇 초 만에 흙의 거인이 일어나서 전차처럼 쿵쿵 달리기 시작했다.

"전속력으로 갑니다. 말하다가 혀 깨물 수도 있으니 조심하세요."

"그래, 좋아."

골렘의 어깨 위에서 바라본 부지 안쪽──.

성령광에 의해 환상적으로 빛나는 여왕궁을 우러러보며, 앨리스는 주먹을 꽉 쥐었다.

"언니, 도대체 왜……!"

───────────

약 반 시간 전──.

별의 탑, 제1왕녀의 개인실 「거울의 방」.

고급 호텔 스위트룸을 연상시키는 넓은 방의 창가에서.

"착한 아이구나. 앨리스."

타오르는 잔디밭을 내려다보면서 일리티아는 황홀한 듯이 눈을 가늘게 떴다.

이 불을 끄기 위해 동생이 분투하고 있었다.

"불이 번지면 왕궁 바깥까지 피해가 퍼지겠지. 그걸 막기 위해 필사적으로 노력하다니. 참 아름다운 마음가짐이야."

비웃는 것이 아니었다.

설령 자신이 「마녀의 낙원」의 붕괴를 원한다 해도, 무자비하게 희생이 커지는 것을 원하지는 않았다. 황청의 붕괴와 백성의 희생은 완전히 다른 거니까.

"그런데 히드라는 그런 마음가짐과는 거리가 먼가 봐."

"응?"

"리스바텐에서 내 동생 시스벨을 습격했을 때, 당신은 시내에서 화려하게 날뛴 것 같던데. 무분별하게 건물을 붕괴시켰다고 들었어."

"호위병이 있어서 그랬어. 불만 있으면 제국 사도성 이스카한 테 말하든가."

일리티아가 등지고 있는 거실에서.

죄수복을 입은 붉은 머리 소녀가 태평하게 소파에 기대어 있었다. 그 팔목에는 반으로 쪼개진 수갑이 매달려 있었다.

"그보다 '탈옥하느라 고생했다'는 말 한마디라도 해주지 그래?"

"고생은 과장이잖아. 당신의 힘이면 그 정도 구속쯤은 아무것도 아니지. 비소와즈."

일리티아는 여전히 창밖을 보면서 미소 지었다.

"당신의 힘이 부러워. 그 힘이 있으면 아무것도 두렵지 않을 텐데."

"……말은 잘하네. 나보다 훨씬 무서운 **괴물**인 주제에."

소파에 앉은 비소와즈가 한숨을 내쉬었다.

"그렇게 예쁜 얼굴과 축복받은 몸을 가지고 있으면서, 미의 여신님도 깜짝 놀랄 만한 외모를 가지고 있으면서도 취향은 왜 그 모양인 걸까? 자신의 모든 것을 바치면서까지 괴물의 동료가 되다니."

"흠, 글쎄?"

"별의 선택을 받지 못한 왕녀가, 별을 역습하기 위해 왕녀라는 신분을 버리고 「마녀」가 된다. 이것도 비극인 걸까?"

"………."

일리티아는 그 말에는 대꾸하지 않았다.

"그나저나 시간이 다 되지 않았어?"

"아, 네. 그렇죠. 그럼 시스벨을 잡아 와 볼까."

몸을 일으키는 붉은 머리 마녀.

그 온몸에서 보라색 화염이 타올랐다. 몸을 감쌌던 죄수복이 불타면서 떨어져 나갔다. 인간이었던 소녀가 괴물로 변했다.

악성변이──.

과거에 「별의 백성」이 그렇게 부르며 두려워했던, 인간이 아닌 모습으로.

"그뤼겔 할멈도 있는데 군이 내가 갈 필요는 없을 것 같지만."

"이스카가 있잖아. 당신이 한번 졌던 상대니까, 탈리스만 경이 조심하고 또 조심하는 것도 지극히 당연하지 않아?"

"……짜증 나는 일을 들춰내네? 이봐, 그래도 돼? 나한테 그런 식으로 말하면, 네 동생 시스벨은——."

"비소와즈."

여전히 등을 보이고 있는 제1왕녀.

그런데도 보라색 마녀는 그 한마디에 살짝 온몸을 떨었다.

"내 동생을 건드리면 지금 당장 히드라를 박살 낼 거야."

"……우리 일족을 배신하겠다고?"

"처음부터 탈리스만 경에게는 이야기했어. 협력하는 조건은 세 가지. 이것은 그중 하나. 약속만 지켜준다면 우리는 좋은 관계를 유지할 수 있을 거야."

"…………."

"어서 가. 나도 지금부터 중요한 일을 해야 하니까."

"흥!"

인간이 아닌 괴물로 변한 소녀가 코웃음을 쳤다.

"나 같은 몸뚱이여도 칼을 맞으면 아파. 사도성의 칼을 맞으면 엄청나게 아플걸?"

"알아."

"뭐, 힘내서 잘해봐. 세계 전체를 속일 수 있을 정도로."

그리고 사라졌다.

보라색 불티가 톡톡 융단 위에 떨어지더니 이윽고 그것도 사라졌다.

"…………."

일리티아는 뒤돌아보지 않았다.

여왕의 딸인 제1왕녀는 언제나 바깥 풍경만 바라보고 있었다.

"앨리스."

보라색 마녀 따윈 아무래도 상관없었다.

자신은 오로지 사랑하는 동생만 보면 되었다. 오늘 밤이 마지막. 일리티아가 두 동생 및 어머니와 함께 보낼 수 있는 최후의 시간이니까.

"너의 결점은 지나치게 강하다는 거야. 너는 틀림없이 지금 이 상황에서도 자신이 있으면 뭐든지 다 구해낼 수 있다고 생각하고 있을 테지? 제국군을 쫓아내서 여왕님을 구하고, 이 나라를 구할 거라고 믿고 있을 거야. 그것은 물론 멋진 일이지만."

제2왕녀 앨리스리제 루 네뷸리스 9세.

단순히 성령만 강한 것이 아니었다. 국민에 대한 깊은 이해와 박애의 정신까지 갖췄다. 그런데 그중에서도 가장 훌륭한 것은, 중요한 순간에는 「냉혹」해질 수 있는 재능이었다.

감정을 죽이는 것이 가능했다.

이 나라를 지키기 위해서라면, 앨리스리제라는 왕녀는 제국군을 상대로 어떤 무자비한 전투도 해낼 수 있을 것이다.

──울면서.

자신의 감정을 죽이고, 눈물을 줄줄 흘리면서 계속 싸울 것이다.

그런 힘을 동생은 가지고 있었다.

"하지만. 그래도 안 돼."

그것만 가지고는 부족하다.

이 나라를 진정한 의미에서 「**모든** 성령술사의 낙원」으로 만드는 것은 불가능할 것이다.

"너의 이상(理想)은 너의 강한 힘 위에 성립되는 거야. 그러면 강자의 낙원밖에 만들 수 없어. 그렇게 생각하지 않니?"

선천적으로 좋은 성령을 타고나지 못한 패배자들. 그 모든 이들의 대변자로서, 자신은 이 거짓된 낙원을 불태울 것이다.

우선——.

"똑똑히 보고 절망하도록 해, 앨리스. **내가 제국군의 칼을 맞는 모습을.**"

유리창에 살며시 손끝을 대고.

제1왕녀는 쿡쿡 웃었다.


3


네뷸리스 왕궁, 달의 탑.

공중회랑 「달의 관」에 면한 벽은, 제국군과 성령 부대의 교전에 의해 깨끗이 부서지고 말았다.

밤바람이 불어 들어오는 고층.

그 바닥을 파괴하고 기어 올라온 것은 진한 보라색 성령 에너지를 응축한 존재였다.

"이건, 그로울리 조부님의 아바타?!"

마녀 키싱의 얼굴이 굳어졌다.

바닥의 구멍에서 고개를 내민 성령 에너지 거인이 아래층에서 기어 올라오려고 팔을 쑥 내민 것이다.

──공중의 「가시」에 닿았는데도 아무렇지도 않게.

키싱의 가시는 온갖 물체를 소멸시킨다.

파괴력으로 따지면 틀림없이 조아 가문에서는 최상위. 그러나 그로울리의 「죄」가 탄생시킨 아바타는 그 물리 간섭을 받지 않는다.

"조부님은 좋아하지만, 이 녀석들은 싫어……."

키싱은 입을 삐죽이면서 재빨리 후퇴했다.

이 「가시」와 「죄」의 상성 차이. 아바타가 날뛸 때는 그 대단한 키싱도 멀리 떨어질 수밖에 없었다. 괜히 말려들고 싶지 않다면.

한편──.

메이가 이끄는 제국 부대는 아바타가 어떤 존재인지 몰랐다.

"메, 메이 님. 총이 안 통합니다!"

"그거야 성령 에너지의 덩어리니까 당연한 거잖아? 아무튼, 뭔가 성가신 냄새가 나네."

기어 올라오는 거인을 노려보는 메이.

어깨에 멘 루인드 킹 허리케인은 언제든지 쏠 수 있는 상태였지만, 그보다도 성령의 정체를 알아내는 것이 더 급하다고 직감적으로 생각했다.

"탄환은 그냥 통과해버리고, 저 검은 머리 아가씨의 가시도 안 통해. 즉, 순수한 성령 에너지란 건데……."

어떻게 저 아바타는 바닥을 부수고 나타났을까.

물리현상에 얽매이지 않는다면 바닥을 부수는 것도 불가능할 텐데.

"그 점에 대해 어떻게 생각해? 네임리스야."

「죄의 성령인지 뭔지가 만들어낸 아바타다. 한마디로 말해 무적이라더군.」

제국의 정예병들이 깜짝 놀라 뒷걸음질 쳤다.

아무것도 없어야 할 허공이 흐려지더니, 거기서 온몸을 진회색 코트 슈트로 감싼 남자가 등장한 것이었다.

사도성 제8위 네임리스가.

"어? 왼팔 없어졌네?"

「저 아바타와 접촉하면 네놈도 그렇게 될 거다. 과연 혈맥의 당주야. 사도성이라도 단독 격파는 쉽지 않아.」

"그래서 도망친 거야?"

「다음에는 없앨 거다.」

"……흐응~. 글쎄, 당장 다음이 있을지 없을지가 문제인 것 같은데."

장난스런 말투. 그러나 곧 표변하여 짐승같이 눈을 가늘게 뜨는 메이.

사도성 두 명이 나란히 서 있는 통로에 거인형 아바타가 기어 올라왔고, 그 거대한 구멍에서 케르베로스형 아바타도 잇따라 튀어나왔다.

"한 번 더 물어볼게. 무적이라고? 미사일이나 불도 안 통해?"

「안 통할 거야. 오히려 죄가 더 커져서 증식, 증대한다. 아주 부조리하고 성가신 성령이야. 단, 피아를 구별하진 못한다.」

아바타는 네임리스를 추적한다.

그 명령을 실행하기 위해, 네임리스를 추적하는 도중에는 뭐가 있어도 상관하지 않고 무조건 파괴하고 짓밟으면서 계속 돌격한다.

고로 성령 부대도 함부로 이곳에 오지는 못할 것이다.

"——착각하지 마."

순혈종 키싱이 오른팔을 수평으로 들어 올렸다.

그 몸짓과 연동해서, 아까 한번 뿔뿔이 흩어졌던 공중의 가시들 수천 개가 꿈틀거리면서 메이와 네임리스를 노리기 시작했다.

"조부님께는 양보하지 않을 거야. 당신들을 제거할 사람은 나야."

"아하하. 귀여운 손녀를 위해 당주가 체통도 없이 나선 거야? 어우, 감동적이네. 이봐, 아가씨. 차라리 방에 돌아가서 잠이나 자지 그래?"

"……당신. 정말 싫어."

검은 머리 마녀는 자신을 시원하게 비웃는 메이를 손가락으로 가리켰다.

"사라져———."

딸랑.

목숨을 건 전장에는 전혀 어울리지 않는 상쾌한 종소리가 울려 퍼졌다. 바로 키싱의 귓가에서.

「키싱, 즉시 집합 장소로 돌아오렴.」

"온 숙부님?!"

검은 머리카락 밑에 숨겨서 귀에 착용하고 있던 귀걸이형 통신기.

거기서 흘러나온 남자의 음성도, 이에 답하는 키싱의 음성도 몹시 작았다. 그러나 보통이 아닌 청각의 소유자인 메이도 네임리스도 결코 그 대화를 놓치진 않았다.

"왜요?! 숙부님!"

「예상외의 사건이 발생했어. 나도 지금 사도성과의 전투를 일단락하고 그쪽으로 가는 중이야.」

그렇게 고하는 목소리는 흥분한 것 같았다.

거기서 키싱이 위화감을 느끼기도 전에.

「**여왕의 방에서, 여왕과 일리티아 군이 칼을 맞았다.**」

".....................네?"

그 한마디에. 조아 가문의 비장의 카드인 키싱은 이 자리에서 처음으로 평범한 소녀처럼 귀여운 소리를 내고 말았다.

제국군의 자객이 여왕을 덮쳤다. 그건 이 상황이라면 충분히 가능한 일이었다.

그러나.

**왜 여왕의 방에 루 가문의 제1왕녀가 나타난 걸까?**

"말도 안 됩니다. 그 사람은 전투력이 없잖아요. 이 상황에서 밖으로 나올 리가……."

「맞아. 나도 루 가문의 지하 대피소로 대피했을 줄 알았다. 이런 전투 상황에서 자신이 무력하다는 것도, 현명한 일리티아 군은 당연히 알고 있었을 텐데.」

목숨 아까운 줄 모르는 행위였다.

마치 스스로 죽기 위해 나선 것 같지 않은가.

"…………."

「나도 앨리스 군의 부하한테서 보고를 받았을 뿐이야. 어디까지가 진실인지 확인해보는 것이 급선무야. ……솔직히 말해서, 나도 무슨 일이 일어났는지 모르겠다.」

한 마녀(일리티아)의 계략이──.

달(조아)의 예상조차 뒤집어버린 사태를 일으킨 순간이었다.

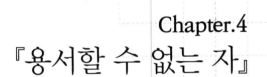

# Chapter.4
## 『용서할 수 없는 자』

the War ends the world /
raises the world

굳게 닫힌 여왕궁 정문.

성령의 힘으로만 여닫을 수 있는 이 문은 한번 열리면 한동안 닫히지 않는다. 고로 이 문을 여는 것은 제국 측이 바라는 것. 제국군의 돌입을 허락하고 말 것이다.

"린, 알지? 안쪽에 있는 비밀문을 통해 들어갈 거야."

여왕궁 정문을 무시하고 뒤쪽으로 향했다.

드넓은 이 부지 내에서 상야등 불빛조차 닿지 않는 성의 뒤편으로 앨리스는 뛰어갔다.

"앨리스 님, 마음이 급하신 것은 알지만 좀 진정하셔야 해요."

"난 지금 냉정해."

서툰 거짓말이었다.

이토록 숨을 거칠게 쉬고, 자기답지 않게 이마에 땀까지 흘리고 있는데. 이것이 침착한 왕녀의 태도와는 거리가 멀다는 것은 앨리스 본인도 알고 있었다.

그러나 가슴의 두근거림이 멈추지 않았다.

……여왕궁에 침입한 적의 자객이 사도성이라면 몹시 위험하다.

……일리티아 언니도 여왕님도 제발 무사하기를.

"린, 숨어."

여왕궁 외벽에 면한 수풀 속에 두 사람은 몸을 숨겼다.

아무것도 없는 공간──.

제국군에게는 그렇게 보일 테지만, 성령술사인 앨리스의 눈에는 이 벽에 희미하게 성령광이 배어 있는 것이 보였다.

"성령들아. 나야. 문을 열어줘."

앨리스가 그 위에 손을 올리자, 이에 반응하여 벽이 크게 꿈틀거렸다.

이 여왕궁은 「살아」 있다.

시조 네뷸리스의 혈통에 반응하여, 벽에 살고 있는 미소한 성령들이 눈을 뜸으로써 벽에 작은 터널을 생성하는 것이다.

"제국군의 모습은 안 보입니다. 지금이라면 이 문도 들키지 않을 겁니다."

"서두르자, 린."

비밀통로를 빠르게 통과해 여왕궁 1층 홀로 나왔다.

그곳에서는 여왕에게 순회 명령을 받은 근위병, 그리고 왕궁 수호성 한 명이 기다리고 있었다.

"앨리스 님, 돌아오셨습니까!"

"보고드릴 것이 있습니다. 좀 전에 일리티아 님께서……."

"알아."

앨리스는 부하들을 향해 고개를 끄덕이고 거침없이 홀을 가로

질러 전진했다.

"지금 당장 여왕의 방으로 갈 거야. 거기 세 사람, 나를 따라와. 나머지는 여기서 경비를 계속해줘!"

———————

……언제부터였을까.

……이 싸움의 사소한 위화감. 뭔가 마음에 걸렸다.

일종의 예감.

나음속에 박힌 아주 작은 가시가 빠지지 않았다. 여왕 밀라베어 루 네뷸리스 8세의 수백이나 되는 싸움 경력을 돌이켜본다면, 그 직감은 언제나 자신을 올바르게 인도했다.

제국군의 지뢰밭. 독가스 평원. 통신 도청. 스파이. 포위.

사지(死地)를 감지하는 절대적 후각이 꿈틀거렸다.

"왜 그것이 당신에게서 느껴지는 걸까요."

입술에 묻은 먼지를 닦아냈다.

네뷸리스 여왕이 여유롭게 서 있는 여왕의 방은 **어느새 완전히 평평하게 변해 있었다**.

여왕의 포학——.

천장을 받치는 원기둥이 수백 개나 되는 원반으로 절단됐고, 계단이 있던 장소에는 주사위 형태로 잘게 다져진 잔해들이 쌓여 있었다.

후드득.

깨진 스테인드글라스 창문에서 알록달록한 유리 파편이 떨어져 내렸다.

"제국군의 폭격기도 두 동강 내버린 대기의 대낫입니다. 인간을 향해 직접 휘두르는 것은 비인도적인 것 같아서 과거에는 사용을 자제했습니다만, 여왕을 죽이러 온 극악인까지 봐줄 필요는 없으니까요."

"…………."

이리저리 금이 간 벽에 기대어 힘없이 주저앉은 제국군 자객.

가느다란 장검을 움켜쥔 채 꼼짝도 하지 않았다. 그리고 그 발치에는 본인에게서 흘러나온 핏물로 된 조그만 웅덩이가 있었다.

"이게 어찌 된 걸까요. 왜 당신은 살아 있는 겁니까?"

"…………."

"심장 뛰는 소리가 들립니다. 대기는 절대 놓치지 않습니다. 아무리 작은 호흡음이라도."

"오, 그거참 편리한 성령이군."

그렇게 차분하게 중얼거리더니. 검사는 주홍 머리에 들러붙은 자신의 피를 털어냈다.

전용 갑주도 일부분이 크게 잘려나갔지만, 전투에 지장은 없다는 듯이 조용히 일어났다.

"시조의 말예답게 포학하기도 하고, 책략에도 대처할 줄 알고. 응용 범위가 넓어."

"……왜 무사한 건지. 내 질문에는 대답해주지 않는군요."

**"나라서 그렇다."**

"…………."

"헛소리라고 생각하겠지. 처음부터 이해해주길 바라진 않았다."

자신의 키만큼 커다란 장검을 오른손에 적당히 들더니, 사도성 제1위 요하임은 여왕을 똑바로 바라봤다.

"다음에는 벨 거다."

"확실히 당신이 하는 말은 이해가 안 됩니다. 그런데 나를 보는 그 눈빛이 마음에 안 드는군요. 경험상 아주 싫은 눈빛입니다."

균열이 생긴 바닥을 밟고 한 설음 후퇴.

물 흐르듯이 자연스러운 동작으로 네뷸리스 여왕은 탁 하고 발끝으로 바닥을 쳤다.

"그러니까 사라지세요. 바람의 묘표 안에서."

──충격 「풍신 풍계 만다라」.

여왕의 방의 벽이 무너졌다.

수백 개나 되는 거센 바람의 층이 여왕의 방에서 생겨난 것이다. 무질서한 바람으로 이루어진 기하학적 형태의 결계. 그것은 거기에 있는 모든 것을 비틀어 짜서 섬멸한다.

본디 공성전에 쓰는 기술.

견고한 성곽도시라도 성채까지 한꺼번에 붕괴시키는 비기(秘技) 중 하나. 여왕의 방에선 크기가 조금 작아졌지만, 위력은 떨어지지 않았다.

그런데.

"역시 잘못 보셨군. 나를."

멀쩡한 상태로.

수백 개나 되는 회오리바람의 폭력 속을 통과해서, 사도성의 필두인 검사가 다가왔다.

밀라베어 여왕의 코앞까지.

"이럴 수가?!"

**"너의 바람은 성령 에너지를 피해서 움직인다."**

너무나 극대한 성령술의 대가──.

이곳은 여왕궁이다. 지금 이 방으로 부하가 달려오면, 휘몰아치는 바람의 폭력이 부하까지 삼켜서 찢어놓을 것이다.

그래서 일부러 성령술사는 공격하지 않게끔 성령술을 사용했다.

"그게 문제였다."

"무슨………… 설마?!"

여왕의 입에서 흘러나온 경악.

사도성 제1위 요하임. 제국에서 온 자객인 이 남자의 정체는──.

**"배신자는 당신이었나요!"**

"맞아. 나는 이 나라를 바꾸기 위해 당신을 배신했다."

제1위 요하임.

그 정체는 황청에서 태어나 조국을 배신하고 제국 편에 붙은 성령술사.

여왕은 그것을 몰랐다. 그리고 필살의 성령술을「성령술사 이외의 존재를 멸해라」라는 식으로 제어한 것이 치명타가 되었다.

"여왕. 난 당신을 알고 있었다. 그러나 당신은 나 따위는 아무래도 상관없었지. 한낱 적병이라고만 생각했다. 그 차이야."

"윽?!"

칼질 한 번. 전성기의 자신이라면——황청 최고의 전투 인형이었던 시절의 자신이라면, 반사적으로 후퇴할 수 있었을 것이다.

피했나?

그렇게 생각한 순간, 여왕의 눈에 보인 것은 찢어진 드레스 끝자락이었다.

이어서 피가 튀었다. 왼팔이 통째로 잘려나가지 않은 것이 행운…… 아직 끝나지 않았다. 사도성은 벌써 두 번째 칼을 휘두르려고 하는 중이었다.

"여기서 역사가 변한다."

성령술사의 낙원을 멸망시키기 위한 칼날이 내리쳐졌다. 자신이 베이는 순간을 여왕조차도 받아들일 수밖에 없었다.

"어마마마!"

"⋯⋯⋯⋯⋯⋯?!"

그때 외침 소리가 들리더니.


여왕을 감싼 제1왕녀 일리티아가, 사도성 요하임의 칼에 베였다.

"……어…… 어마, 마…… 도망…………."

뒤돌아 서 있는 장녀의 무릎이 바닥에 닿았다.

어깨에서 가슴에 걸쳐 터져 나온 피가 사도성을 붉게 물들였다. 그 광경을, 어머니인 여왕은 끝까지 보기도 전에——.

의식을 잃었다.

팔을 베인 고통. 그리고 그 이상으로, 딸에게 일어난 참극을 여왕의 마음이 받아들이지 못하고 거부한 결과였다.

기절한 여왕.

칼을 맞고 피투성이가 되어 쓰러진 제1왕녀.

그 장면의 목격자는 바로 사도성 요하임, 그리고.

"……일리티아 언니? ……어마마마? …………."

사도성이 뒤를 돌아봤다.

피에 젖은 장검을 쥔 검사. 그와 멀리 떨어진 곳에, 여왕의 방의 문이 있었던 장소를 지금 막 통과해 들어온 소녀가 서 있었다.

순혈종임을 보여주는 하얀 드레스를 입은 아름다운 금발 머리 마녀가.

"누구인지는 몰라도 늦었구나."

용서할 수 없는 자의 냉철한 한마디.

"이 나라는 끝났다."

# Chapter.5
# 『빙화의 마녀 앨리스리제』

the War ends the world /
raises the world

비명은 나오지 않았다.

비명 대신 여왕의 방을 채운 것은, 어깨에서 가슴까지 칼에 베인 일리티아 언니의 새빨간 핏방울이었다.

"……어…… 어마, 마…… 도망……………."

입에서도 피를 토해낸 언니가 마치 실 끊어진 인형처럼 무너져 내렸다.

그 뒤에 쓰러져 있는 사람은 어머니. 밀라베어 여왕.

둘 다 꼼짝도 하지 않았다.

"……일리티아 언니? ……어마마마? …………."

거짓말이야.

맨 처음에 앨리스는 자신의 정신 상태를 의심했다. 이런 것은 꿈속에서도 본 적이 없었다. 이 여왕의 방에서 가장 사랑하는 가족이 쓰러지는 참극이라니——.

"누구인지는 몰라도 늦었구나. 이 나라는 끝났다."

피 묻은 검을 쥔 검사가 이쪽을 돌아봤다.

낯선 얼굴. 그러나 제국의 자객이 틀림없었다.

사도성? 모르겠다. 그런 것은 전혀 중요치 않았다. 다만 확실한 것은, 이 남자가 용서할 수 없는 죄를 저질렀다는 것.

그리고 후회했다.

**내가 너무 안일했다.** 어머니도 언니도 지키지 못했다.

역시.

역시 제국은, 무조건 멸망시켜야 했다.

"다음은 너냐?"


"너, 이 제국인, 가만두지 않겠어어어어어!"


태어나서 처음으로 포효했다.

격정이 끓어올라 눈앞이 새빨개졌다. 그 포효가 아무리 왕녀답지 않은 짓이어도, 그 누가 그것을 말릴 수 있었을까.

포효에 이어 개탄했다.

……지금까지 나는 언니가 쿠데타의 범인일지도 모른다고 의심했었다.

……시스벨을 별장으로 데려간 것도 그 계획의 일환이라고.

하지만. 아니다.

**언니는 결백하다.** 나는 돌이킬 수 없는 오해를 하고 말았다.

왜냐하면——.

**여왕이 바뀌길 원하는 배신자가 여왕을 감쌀 리 없으니까.** 일리티아 언니는 루 가문의 배신자가 아니었다.

"————제국인. 넌 절대로 용서 못 해!"

155

성령을 제대로 제어할 수 없었다.

앨리스의 등에 있는 성문에서 넘쳐흐르는 극대 성령 에너지가 냉기가 되어, 마치 등에서 돋아난 새파란 날개처럼 현현했다.

"냉기라. 빙화의 마녀인가."

"그래, 제국군에게는 마녀겠지."

손가락으로 가리켰다.

사랑하는 가족에 대한 공격. 그 복수를 위해서라면, 나는 제국을 멸망시키는 마녀가 되어도 좋아.

"제국의 모든 도시를 얼려줄게. 그리고 너도!"

냉기가 휘몰아쳤다.

공중에 무수한 얼음 검이 나타나 사도성을 향해 소나기처럼 쏟아졌다. 그러나.

"상황 파악을 못 했나 보군."

요하임의 손에는 방패가 들려 있었다.

어깨부터 가슴에 걸쳐 선혈을 흘리고 있는 제1왕녀 일리티아라는 인간 방패가.

"앨리스 님, 안 돼요!"

"……윽?!"

린의 절규에 퍼뜩 정신을 차린 앨리스는 황급히 성령술을 중단했다.

쏟아져야 할 얼음이 공중에서 녹아내렸다. 성령술을 중단하지 않았더라면, 얼음 칼날에 찔린 것은 인질인 언니였을 것이다.

언니를 이런 식으로 욕보이고.

심지어 산 채로 방패로 삼다니. 이 극악무도함을 어떻게 말로 표현할 수 있겠는가.

"순혈종을 확보했으니 나는 귀환해야겠다."

"닥쳐라, 제국인! ……너만은 용서하지 않겠어. 그 사지육체의 원형을 유지한 채로 제국에 돌아갈 수 있으리라 생각하지 마라!"

"흠, 글쎄."

왼팔로 언니를 끌어안은 검사가 빙글 돌아섰다.

그렇게 앨리스에게 등을 보이더니 여왕의 방 안쪽으로 뛰어갔다.

……도망치는 건가?

……하지만 저쪽은 벽이잖아. 문은 내 뒤에 있는 것 하나밖에 없는데.

아니다.

문은 하나 더 있었다. 왕가와 그 측근만 알고 있는 대피로. 그러나 시조의 말예가 건드리지 않으면 그 비밀문은 절대로 열리지 않는다.

"열쇠도 있으니."

끌어안고 있는 일리티아——.

꼼짝도 안 하는 언니의 손을 붙잡아 억지로 벽에 댔다. 루 가문 제1왕녀를 감지한 성령들이 반응하여 그곳에 통로를 만들어냈다.

"너…… 도대체 언니를 어디까지 도구처럼 취급하려는 거야?!"

"유효 활용이란 거다."

여왕의 방에서 바람같이 빠져나갔다.

비밀문은 직접 외부의 부지와 연결되어 있었다. 제국군과 합류해서 제1왕녀 일리티아를 제국 본토로 데려가려는 건가.

"린! 여왕님의 용태는?!"

린을 돌아봤다.

쓰러진 여왕을 둘러싸고 있는 린과, 여기까지 동행한 세 명의 경비원들. 그중 두 명이 이미 통신기로 응원을 요청하고 있었다.

"생명에는 지장이 없습니다. 다만 왼팔의 베인 상처가 뼈까지 닿았습니다……. 잘리지 않은 게 기적입니다."

비참하게 쓰러진 여왕 곁에서 린이 입술을 깨물었다.

가느다란 실로 어깨의 동맥 부위를 묶어 지혈했다.

"당장 팔 봉합 수술을 해야 합니다. 의료팀이 오면, 즉시 의무실로 이송해서 곧바로 수술을 시작해야……."

"전부 다 맡길게. 네 판단대로 모든 일을 진행해."

"……앨리스 님."

린이 숨을 들이켰다.

"그 제국인을 쫓아가시려는 거군요."

"아니야. 일리티아 언니를 쫓아가는 거야."

가장 중요한 것은 제1왕녀를 되찾는 것이다.

그 남자를 갈가리 찢어놓는 것도, 제국을 괴멸시키는 것도 그 다음 일이다.

"린, 무슨 일 있으면 즉시 연락해!"

대답도 듣지 않고 바닥을 박찼다.

비밀문을 통과해 여왕궁 밖으로 나갔다.

"어디 있지?! 그 남자는……."

언니를 납치한 사도성은 불과 10초 전까지 여기 있었을 것이다.

멀리 가지는 못했을 것이다. 희미한 상야등 불빛에 의지해서 주위를 둘러보는 앨리스. 그때 포장로 위에 남아 있는 거무스름한 혈흔이 눈에 띄었다.

일리티아의 피.

정말로 시간이 없었다. 여왕의 팔에 난 상처와는 차원이 달랐다. 언니의 용태는 지금 당장 치료하지 않으면 생사가 오락가락할 정도였다.

"놓치지 않을 거야. 언니를 마음대로 하게 놔둘 줄 알아……?!"

혈흔이 향한 곳은 부지 내의 광장.

그 광장 안쪽에서, 멈춰 있던 일반 자동차가 움직이기 시작했다.

"언니를 데리고 도망가려는 건가?!"

사도성의 목적은 제국군과 합류하는 것이 아니었다.

당장 순혈종을 데리고 도망가는 것.

앨리스의 두 발로는 도저히 쫓아갈 수 없었다. 어쩌지? 성령 부대에 추적을 명하고 국경을 봉쇄해야 하나?

"앨리스 님, 이쪽입니다!"

하얀색 공용차가 맹렬한 속도로 앨리스 뒤에 다가왔다.

운전석에 탄 사람은 여왕의 방까지 쫓아온 경비대원 중 하나였다.

"린 님이 지시했습니다. 제국군이 일리티아 님을 데려간 이상, 앨리스 님이 추적하시려면 차가 필요할 거라고요."

"멋진 판단이야. 전속력으로 가자!"

조수석에 뛰어들었다. 안전벨트를 매기도 전에, 앨리스를 태운 자동차가 저 앞의 일반 자동차를 쫓아 달리기 시작했다.

왕궁 부지 밖으로.

"시가지로 가는 걸까?"

"그쪽에 있는 고속도로로 나가려는 거겠지요. 중앙주 고속도로 8호선은 국경까지 쭉 연결되어 있으니까요."

핸들을 한 손으로 붙잡은 부하가 나머지 한 손으로 통신기를 집어 들었다.

「국경 검문소에 알린다. 여기는 왕족 탑승 차다. 현재 적의 습격으로 일리티아 왕녀님이 적에게 연행되었다. 그놈들이 고속도로를 노리고 있다. 모든 국경을 봉쇄해라.」

한밤중의 시가지를 질주했다.

적의 차가 신호를 무시하고 돌진했으므로 이쪽도 당연히 신호를 무시했다. 상황을 모르는 다른 차들이 경적을 울려댔지만, 길을 비켜줄 여유는 없었다.

"제발 서둘러줘. 언니의 상처는 치명상이야. 국경까지 쫓아갈 만한 시간적 여유가 없어. 언니가 못 버틸 거야!"

"잘 알고 있습니다. 그러나……!"

거리가 줄어들지 않았다.

치열한 추격전을 벌이는 두 차의 거리는 시간으로 따지면 5초 미만. 언니를 태운 차가 눈앞에 있는데, 이 약간의 간격이 메워지지 않았다.

……말도 안 돼. 이 한밤중에 이런 속도로, 어떻게 완벽하게 운전할 수 있는 거지?!

……보통은 길을 안 헷갈리고 가기도 벅찰 텐데.

중앙주의 길을 숙지하고 있는 것이 틀림없었다.

분명히 황청의 배신자가 타고 있다. 저 차 안에.

"──미리 하나만 전달해둘게."

옆에서 핸들을 잡은 운전사에게 말했다.

"저 차를 따라잡은 다음에. 거기 타고 있는 언니가 무사하다면, 곧바로 가장 가까운 병원으로 가줘."

"물론이지요."

"그런데…… 혹시, 무사하지 않다면. 또는 제때 언니를 되찾지 못한다면, 곧장 왕궁으로 돌아가."

"아, 알겠습니다. 여왕님을 뵈러 가시는 거지요?"

"아니야."

그것은──.

자신이 살아오면서 냈던 목소리 중에서 가장 차가운 목소리였을 것이다.

"남아 있는 제국군을 없앨 거야. 그 누구도 두 번 다시 제국 땅을 밟지 못하도록."

"…………."

"언니가 무사하지 않다면, 나는 정말 이성을 잃을지도 몰라. 그러니까 미리 말해두는 거야. 잘 부탁해."

"……알겠습니다."

창밖의 풍경이 확 변했다.

높은 건물들로 채워진 도심부에서 도시 변두리로. 평화로운 들판과 삼림이 펼쳐져 있는 도로로 나왔다.

"앨리스 님, 적의 차가 멈췄…… 아, 아니?!"

쫓아가던 차가 급정지했다.

그러나 정지한 것은 한순간. 앞 유리에 비친 그 차는 여전히 뒷모습만 보여주면서 이쪽 차를 향해 엄청난 속도로 후진했다.

"설마?!"

말이 끝나기도 전에 앨리스의 눈앞이 화염으로 뒤덮였다.

——자동차 폭탄.

성령의 자동 방어는 인간의 살기에는 민감하지만, 기계적인 공격에 대해서는 감지 속도가 느리다.

그리고 근거리에서 터진 내장형 기계 폭탄의 폭발은, 앨리스의 성령의 자동 방어조차 불가능할 정도로 빨랐다.

……이것도 함정이었던 건가.

……일리티아 언니를 데려가는 척하면서 무인 운전을 했나?

의식이 흐려졌다.

화염의 열기를 느낀 직후, 앨리스를 태운 차는 폭풍에 휘말려 허공을 날았다.

"———."

"앨……리스…… 님…… 정신…… 차리…….'

눈을 떴다.

옆으로 넘어진 차 안에서 앨리스가 느낀 것은 서늘한 금속의 감촉이었다.

강철 성령——금속을 다루는 성령으로 자동차 부품을 뽑아내「방패」를 형성. 그것으로 앨리스가 폭풍에 직격당하는 것을 막아준 것이다.

그러나 그 짧은 순간에 만들어낼 수 있었던 방패는 1인용이었다.

"이봐, 괜찮아?!"

"무사……하셔서…… 다행……입…….'

앞 유리를 등지고 있던 남자가 앨리스의 무릎 쪽으로 쓰러졌다. 의복의 등 부분이 폭풍으로 타버렸고 피부가 시뻘겋게 짓무른 것이 보기만 해도 끔찍했다.

"나를 감싸준 거야……?"

대답이 없었다.

자신을 지켜주고 쓰러진 자는 이제 의식조차 몽롱해 보였다.

"죽으면 안 돼, 당장 구조 요청을 할게!"

화상으로 짓무른 등 위에 손을 올렸다.

얼음의 냉기로 덮어서 응급처치. 그리고 차창을 통해 빠져나와, 자신을 지켜준 남자를 붙잡고 온 힘을 다해 끌어냈다.

이어서 통신기를 향해 소리쳤다.

"린, 제발! 부탁할 것이 있어!"

대답을 들을 시간조차 아까웠다. 앨리스는 곧바로 말을 이었다.

"당장 의료팀을 이쪽으로 보내줘. 빨리!"

「————앨리스 님?! 일리티아 님은 어떻게 됐나요?!」

"놓쳤어. 내가 추적하던 자동차 자체가 함정이었어. 아니, 아무튼 지금은 당장 의료팀을 보내줘. 화상을 입은 중환자가 한 명 있어…… 나를 감싸다가…….

「즉시 알아보겠습니다!」

장소는 묻지 않았다.

앨리스의 통신기 발신 위치는 왕궁의 통신 센터에서 파악이 가능했다. 현재 위치에서 가만히 있으면, 10여 분 후에는 의사가 올 것이다.

"……부탁한다."

통화를 끝내고 고개를 들었다.

한밤중의 차도에서는 폭발한 차가 아직도 활활 불타고 있었다. 불티가 눈처럼 앨리스의 어깨 위로 떨어져 내렸다.

발치에는 의식 불명인 부하가 있었고.

등 뒤에는 폭발에 휘말려 찌그러진 자신들의 차가 있었다.

"…………."

그 모든 것을 앞에 두고.

"———도대체, 왜?!"

앨리스는 입술을 꽉 깨물었다. 피가 날 정도로.

분해서?

아니다. 그런 어중간한 말로는 결코 다 표현할 수 없었다. 여왕님도 언니도, 그리고 방금 이 부하도. 이렇게 내 눈앞에서 사람들이 자꾸 쓰러져 가다니.

필사적으로 떠올린 물이 양손 손가락 사이로 흘러나가는 것처럼.

"내가 구해야 했어. 여왕님도 언니도, 이 부하도. 그런데……왜 이렇게 일이 하나도 내 마음대로 되지 않는 거야?!"

자신에게는 전황을 바꿀 만한 힘이 있다. 그렇게 생각했다.

왕궁에 도착해서 죽을힘을 다해 화재를 진압했고, 여왕궁으로 뛰어갔고, 그리고 지금도 또 소중한 언니를 되찾고 싶어서 여기까지 왔는데.

전부 헛수고였다.

가장 중요한 이 시기에, 왜 나는 아무도 구하지 못하는 걸까.

"…………."

사도성의 칼에 베인 일리티아 언니는 빈사 상태다.

여왕님도 즉시 수술해야 한다.

차도에 눕혀놓은 부하도, 조속히 병원으로 데려가지 않으면 어떻게 될지 모른다.

……제국군. 아니, 제국인이고 뭐고 전부 다!

……이것이 당신들의 뜻이라면, 난 절대로 용서하지 않을 거야.

"각오해……. 정말, 정말로, 복수할 테니까……."

주먹을 불끈 쥐었다.

그때 들려오는 발소리.

누군가가 차도를 따라 뛰어오는 기척이 느껴졌다.

누구지?

그렇게 생각하면서 고개를 든 앨리스의 눈앞에서는, 검은 머리 소년이 숨을 헉헉 몰아쉬며 서 있었다.

검은색과 하얀색 검 두 자루를 들고 있는 검사가.

"앨리스?"

"…………이스카……?"

이 상황.

제국과 황청이 사상 최악의 관계가 된 이 밤에.

흑강의 후계자 이스카와 빙화의 마녀 앨리스는 딱 마주치고 말 았다.

소녀는 깨달았다.

──제국 병사는 모두 다 적이다.

소중한 언니를 칼로 베고, 여왕님에게 상처를 입힌 제국인. 단 한 명도 놓칠 수 없다. 그것이 누구여도.

"…………."

"……앨리스?"

자신을 본 소년이 가볍게 숨을 삼켰다.

금방 눈치챈 것이리라. 분노로 딱딱하게 굳어진 표정과 제대로 제어조차 안 되는 성령 에너지가 등의 성문에서 흘러넘치고 있다는 사실을.

모든 것이 평소와는 달랐다.

……그래. 그렇겠지.

……너라면「직감적으로」눈치채줄 거야.

그런 제국 병사를 바라보는 사이에 눈가가 저절로 촉촉해지는 것을 느끼면서.

"……왜 하필. 이런 때 너와 마주치는 걸까."

떨리는 입술로.

깨물어서 피가 난 입술로.

앨리스가 필사적으로 짜낸 것은 오열에 가까운 연약한 목소리였다.

"우리는…… 이제…… 라이벌이라고 할 수 없게 되었어. 그런 안일한 관계는 이제 안 돼……."

"앨리스? 무슨 소리야. 그보다 내 말 좀 들어봐. 시스벨이──."

**"별장에 남아 있으라고 했잖아."**

무정하리만치 단호하게 그의 말허리를 잘랐다.

제국군의 침공 소식을 듣고 서둘러 왕궁으로 돌아가기 직전에 있었던 일이다. 별장 복도에서 마주친 이스카에게 앨리스는 분명히 그렇게 말했었다.


"나는 네가 이번 일과 무관하다고 믿고 싶어. 그러니까, 결백함을 증명하고 싶다면 이 저택에서 기다려줘."

"앨리스? 그, 그게 무슨 말——."

"절대로 밖에 나오지 마. 제국군에 협력하기만 해봐, 가만 안 둘 거야!"


경고는 충분하고도 남을 만큼 했다.

그 약속을 깬 것은 이스카다.

"앨리스, 내 말을 들어봐. 시스벨이 납치됐어! 히드라 가문의 비소와즈가 탈옥해서 루 가문의 별장을 파괴했다고!"

"……시스벨이 납치됐다고?"

"그래, 나는 시스벨을 추적하는 중이었어. 그런데 도중에 폭발음이 들려서 잠깐 확인하러 와본 거야."

그게 정말이야?

앨리스는 목구멍까지 올라온 그 말을 억지로 삼켰다. 얼굴을 온통 찡그리면서.

……안 돼. 이제는 네 이야기도 들어줄 수 없어.

……믿고 싶어도 안 돼. 내 입장이 그것을 허락하지 않아.

제국군은 적이다.

그리고 나는 여왕의 뒤를 이을 왕녀니까.

"내 동생이 납치됐다고? 그럼 범인은 비소와즈가 아니라 제국 군 아니야? 어쩌면 네가 협력했을지도 모르지."

"앨리스?! 뭐야, 갑자기 왜 그래?!"

"…………."

이스카의 시선이 따갑게 느껴졌다.

나도 안다. 사실 이런 말은 정말로 하고 싶지 않았다. 하지만 나는 이 나라를 지키기 위해 제국군을 멸망시켜야만 하니까.

제국인은 그 누구도 용서할 수 없다.

"믿을 수 없어! 제국인인 네가 하는 말은!"

"……뭐라고?"

"그런 말을 믿으라고? 불가능해! 나는…… 내 눈앞에서 일리티 아 언니가 칼에 베이는 것을 목격했어. 너와 같은 사도성의 칼에!"

절박한 목소리만 슬프게 메아리쳤다.

뺨을 타고 흐르는 물방울이 그치지 않았다.

"언니만이 아니라 여왕님도 마찬가지야. 이제는 돌이킬 수 없어. 나도, 내 가족과 부하를 다치게 한 사람은 용서할 수 없어!"

눈물을 닦아내지는 못했다.

울고 있는 이유를 스스로도 몰랐기 때문에.

……나는.

……나는, 뭐가 슬퍼서 우는 걸까?

가족이 다쳐서?

아니면————.

"나는 네뷸리스 황청의 제2왕녀 앨리스리제. 제국을 멸망시켜야만 해. 그것이 설령 너라도."

"……앨리스."

똑바로 마주 보는 그의 표정은 여전히 당혹감으로 가득 차 있었다.

하지만. 그래도 안 돼.

여기서 머뭇거릴 수는 없어.

"왜! 어째서?! 나는…… 이런 관계로 너와 싸우고 싶지 않았어!"

아아, 틀림없이 그것일 거다.

그것이 내가 울고 있는 이유. 내가 소리를 질러야만 하는 가장 큰 이유.

둘만의 특별한 전장에서 만나고 싶었다.

제국과 황청의 알력 따위는 잊어버리고, 네뷸리스 왕가의 골육상쟁에도 신경 쓰지 않는.

——너와 나의 성전을, 바라고 있었는데.

그 꿈이 무너졌다.

이런 최악의 결말로. 이런 증오로 얼룩진 미래밖에 없는 형태로 끝나는 것이다.

"나는……."

눈물을 닦는 대신에 양팔을 벌렸다.

두 손에서 생겨난 성령광이 깜빡거리더니 허공에 무수한 얼음을 만들어냈다.

"전직 사도성 이스카, **당신에게** 선전포고를 한다. 싸우자."

"앨리스?! 지금은 그럴 때가——."

"이제는 돌이킬 수 없어!"

갈라진 목소리로.

앨리스는 눈앞에 있는 제국 검사를 손가락으로 가리켰다.

"나도 이런 엉망인 기분으로 싸우고 싶지 않았어! 이런 식으로 끝나기를 바라지는 않았는데……!"


그리고 지금.

흑강의 후계자 이스카와 빙화의 마녀 앨리스의 두 번째 결전의 막이 올랐다.

---

새파란 성령 에너지.

수천, 수만 개나 되는 빛의 입자가 되어서 한순간의 불꽃처럼 하늘을 향해 솟구치더니 사라져갔다. 그 환상적인 광경을 목격한 자는 거의 없었다.

제국군의 습격으로 비무장 민간인은 지하 대피소로 대피한 상태였다.

그러나 예외가 있었으니——.

"강한 성령의 빛. 누구인가 했더니 제2왕녀. 밀라의 딸이었군."

전원 지대 한쪽에 있는 좀 높직한 언덕에서.

마치 하늘의 축복을 받는 것처럼 한 백발 미장부가 달빛을 고스란히 받으면서 여유롭게 서 있었다.

초월의 마인 샐린저.

30년 전, 네뷸리스 왕궁에 침입해 선대 여왕을 공격했던 대역죄인.

실제 나이는 쉰이 넘었을 테지만, 완벽하게 단련된 그 육체와 미모는 20대 전성기 시절부터 쇠퇴하지도 않고 오히려 점점 더 멋지게 완성되어 갔다.

"…………."

언덕에서 아래까지의 거리는 수 킬로미터.

전용 쌍안경으로 간신히 보이는 정도였지만, 이 남자의 성령 중에는 이에 적합한 능력도 있었다.

"그리고 누구인가 했더니, 그때 그 제국 검사……."

조그맣게 혀를 찼다.

샐린저에게는 가벼운 탐색전이긴 했지만, 씁쓸한 경험을 하게 만들었던 상대.

"결판을 내자. 마인."

"젠장, 너는 검객의 탈을 쓴 짐승이구나!"

"이해가 안 가는군. 어째서 저 남자가 아직도 황청에 있는 건지. 그리고 가장 의아한 것은——."

저 남자는 앨리스리제의 시종을 보호했다. 즉, 제국 검사 이스카는 실은 앨리스리제의 부하인 게 아닐까?

샐린저는 그렇게 추측했었는데.

"그렇군. 참 기구한 운명이구나."

백발 마인의 입에서 흘러나온 것은 탄식이었다.

저 밑에서 펼쳐지고 있는 공방전——.

앨리스리제의 성령술로 들판의 차도가 새파랗게 얼어붙고 있었다.

인정사정없었다.

상대를 봐줄 마음이 전혀 없다는 것은 성령술만 봐도 확실히 알수 있었지만, 가장 명백한 증거는 따로 있었다. 무시무시할 정도로 딱딱하게 굳은 소녀의 표정.

이를 악물고.

눈을 부릅뜨고, 제국 검사를 끊임없이 성령술로 공격하고 있었다.

"제2왕녀 앨리스리제, 너도 역시 밀라의 딸이구나. 아마도 이번 습격이 제국군의 소행이라고 믿고 있을 테지?"

초월의 마인은 알고 있었다.

이 제국군의 침공이, 황청 분열을 꾀하는 히드라 가문의 음모
란 것을.

——30년 전.

**그때부터.** 저 밑에 있는 두 사람이 태어나기 훨씬 전부터.

"우습구나. 이 별은 전혀 변하지 않아. 밀라, 그래서 내가 말했
을 텐데. 너는 여왕으로는 적합하지 않다고."

지나치게 순수한 것이다.

현 여왕 밀라베어 루 네뷸리스 8세도. 그 딸인 앨리스리제도.

시조의 말예로는 적합하지 않았다. 원념이 소용돌이치는 골육
상쟁에는 버텨낼 수 없었다. 언젠가는 반드시 이렇게 비극의 여
주인공이 될 것이 뻔했다.

"⋯⋯⋯⋯저 바보가."

드물게도.

참으로 드물게도, 백발 미장부는 타인에 대한 분노를 입에 담
았다.

"또 반복할 셈인가. 그때 그 실수를."

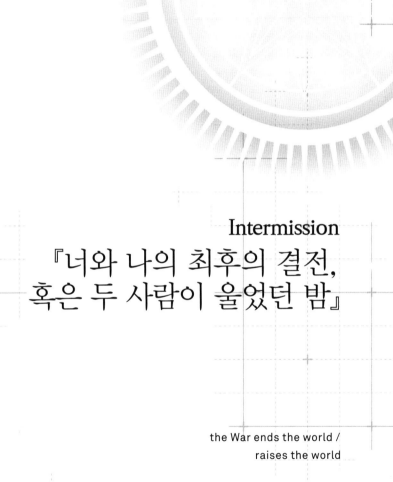

Intermission
『너와 나의 최후의 결전,
혹은 두 사람이 울었던 밤』

the War ends the world /
raises the world

# 1

지금으로부터 30년하고도 몇 달 전.

샐린저가 평생에 딱 한 번 「도전자」였던 시대에──그의 앞을 가로막은 시조의 말예가 있었다.

최대 최강인 숙적. 밀라라는 이름의 아름다운 소녀였다.

─────────────

"샐린저. 당신은 정말 튼튼하군요. 둔감해서 그런 건가요?"

"…………."

"보통은 무사하지 못할 텐데요. 내 성령술에 당하면."

자연 보호 구역인 대초원에서.

온몸에서 피를 줄줄 흘리며 바닥에 드러누워 있는 샐린저를 향해, 금발 머리 소녀가 태연하게 다가왔다.

양손에는 투박한 대형 나이프를 들고.

어깨 근처에서 단정하게 자른 머리카락을 휘날리면서. 기계처럼 정확한 걸음걸이, 기계처럼 감정 없는 눈빛으로 걸어온다.

"당신은 우리 황청에서 100개가 넘는 성령을 빼앗은 심각한 범죄자입니다. 심지어 내 성령까지 노리고 있고. 여기서 처형하는 것이 옳은 일일 테지요."

"…………."

"뭐, 하지만 이번에도 좋은 의미에서 자극적이었습니다. 그러니까 살려줄게요. 당신이 내 연습 상대가 되어주는 동안에는."

그렇게 말하면서 소녀는 자기 어깨의 까진 상처를 소독하는 대신 혀로 날름 핥았다.

마치 야생아 같았다. 옷도 성령 부대의 의복이 아니라, 거의 가슴만 가리는 상의와 아주 짧은 스커트만 입고 있었다.

그리고.

그 아슬아슬한 옷조차도 소녀는 샐린저의 눈앞에서 벗기 시작했다.

"저쪽 물가에 가서 씻고 올게요. 피와 흙을 묻히고 왕궁으로 돌아가면 가신들이 걱정하니까요. 당신도 목욕할래요? 먼지처럼 더러운 것은 싫어할 것 같은데."

"……누가…… 너 같은 놈, 이랑…… 목욕을……."

그 말을 마치기도 전에.

쓰러져서 움직이지 못하는 샐린저의 얼굴 바로 옆에 나이프가 날아왔다. 아니, 실은 얼굴 피부에 살짝 스쳤다.

"그럼 내 나이프를 보관해주세요. 그거 특별 주문품이니까."

실오라기 하나 걸치지 않은 나신을 드러낸 소녀.

눈앞에 남자가 있음에도 불구하고.

14~15세쯤 된 소녀인데도 자신의 아름다운 맨살을 보여주는데 전혀 수치심을 느끼지 않았다. 기품이고 뭐고 한 톨도 없었다.

이게 왕족이라고?

이게 차기 여왕 후보라고?

누구나 그렇게 생각할 것이다. 그러나 일단 「그녀」의 전투 장면을 본다면, 그 의문은 순식간에 해소될 것이다.

사상 최강의 여왕 후보——그것이 밀라베어 루 네뷸리스 8세이므로.

"샐린저. 완력으로 나한테 지면 어쩌자는 거예요?"

"샐린저. 성령술이 너무 거칠어요."

"샐린저. 먼저 기습해놓고 그걸로 끝이에요?"

동정이 아닌 멸시를 담아서.

왕가의 전투 인형으로 알려진 왕녀는 언제나 피투성이로 쓰러진 도전자 샐린저를 내려다보면서 냉혹하게 한마디를 툭 던지는 것이었다.


그런 그녀가 어느 날 백팔십도로 달라진 순간이 있었다.


네뷸리스 황청, 중앙주의 어느 도시에서.

타인의 성령을 빼앗는 능력——.

그런 혐의로 지명 수배를 당한 샐린저는 정체를 숨기고 대낮의 번화가를 걷고 있었다. 대형 식료품 가게에서 음식을 한꺼번에 사서 거점으로 돌아가는 중이었다.

다음에는 언제 어떻게 숙적 밀라베어에게 도전할까.

그런 생각을 하고 있었는데.

"앗⋯⋯."

대낮의 교차로에서.

한 소녀가, 변장한 자신을 보자마자 멈춰 섰다.

"샐린저?"

"⋯⋯너는!"

변장하고 시내에서 돌아다니는 샐린저.

그것을 한눈에 간파한 사람은, 수수한 옷을 입고 몰래 거리에 나와서 산책하고 있던 밀라베어 왕녀였다.

"설마 이런 데서 마주칠 줄은⋯⋯."

상처는 아직 낫지 않았다.

그러나 그게 문제가 아니었다. 만난 순간에 만난 곳에서 즉시 싸움을 시작한다. 그것이 그들 사이의 암묵적인 규칙이었다.

그렇다.

암묵적인 규칙이었을 것이다.

"아⋯⋯ 아하, 아하하하하하하하하하하!"

숙적인 소녀가 돌연 배꼽을 쥐고 웃음을 터뜨리기 전까지는.

"아하하하하하, 새, 샐린저, 뭐 하는 거예요? 지, 지⋯⋯ 지금,

나를 웃다가 죽게 만들려는 건가요?! 아하하하하하!"

"……뭐라고?"

"아, 아니 그게, **그 대단한** 샐린저가 슈퍼마켓 봉지를 들고 돌아다니다니! 일반인들과 함께 슈퍼에 옹기종기 모여서 채소와 고기를 고르고, 계산대 앞에서 줄을 섰다는 거잖아요?"

"…………."

그 말을 듣고.

샐린저는 자신이 슈퍼마켓 봉지를 양손에 들고 있다는 사실을 기억해냈다.

"그렇게 온갖 멋있는 적을 하면서「밀라, 오늘이야말로 네놈이 바닥에 무릎을 꿇을 날이다!」하고 나한테 도전해왔던 남자가, 슈퍼에서 평범한 주부들과 함께 계산대에 줄 서 있는 모습을 상상했더니…… 아, 아하, 아하하하하하하하하, 아, 안 돼요. 그래요, 내가 졌어요!"

마침내 더는 못 참겠다는 듯이 소녀가 바닥을 구르기 시작했다.

대낮의 교차로에서, 지나가던 사람들의 시선이 일제히 집중되는 것도 개의치 않고.

"이, 이거 정말, 무서운 계책이군요. 설마 내가 꼼짝도 못하게 될 줄이야!"

"……이봐, 밀라."

"심지어 고기에는 특매품 딱지까지 붙어 있고! 도대체 주부들과 얼마나 처절한 쟁탈전을 벌였을지!"

"입 다물어!"

투명한 슈퍼마켓 봉지 안에서 보이는「특매품」딱지를 발견한 소녀는 눈물까지 흘리면서 한층 더 심하게 포복절도했다.

사실 그건 우연이었다.

샐린저 본인은 아무 생각 없이 상품을 집어 들었는데 그게 하필이면 특매품이었던 모양이다. 타이밍이 나빴다.

"……쳇."

혀를 차고 걸음을 뗐다.

포복절도하는 소녀 앞에서 저절로 전의가 꺾여버렸다. 게다가 이렇게 군중의 이목을 끌었으니 금방 경비대가 출동할 것 같았다.

"앗, 잠깐만요."

그런데.

바로 그 소녀가 샐린저를 쫓아왔다.

"이런 우연이 다 있네요. 오늘은 휴전인가요?"

"입 다물어. 운 좋게 목숨 건졌다고 생각해라."

"네. 하마터면 웃다가 죽을 뻔했어요."

"…………"

"아, 저기요. 잠깐만 기다리라니까요. 뭐, 그건 그렇고, 내가 시내를 돌아다니고 있었던 것은 왕가에는 비밀로 해주세요."

"……뭐?"

애초부터 말할 생각은 없었다.

왕궁에 접근하기만 해도, 성령 부대의 총구가 자신을 겨눌 것이다.

"회의 도중에 졸다가 대신한테 혼나서, 열 받아서 왕궁을 뛰쳐나온 거예요. 하긴, 늘 있는 일이지만요."

"……네가 그랬다고?"

자기보다 머리 하나 반 이상이나 작은 소녀를 뚫어지게 마주봤다.

"회의장은 잠자는 곳이에요. 나의 본분은 싸우는 것이니까, 전장에서 쌓인 피로를 회의장에서 자면서 푸는 것은 당연한 일이잖아요?"

의외였다.

피투성이 기계 인형. 샐린저가 아는 것은 전장에서 미친 듯이 싸우는 전투광(戰鬪狂)의 모습이었지만, 그래도 왕녀로서의 직무도 완벽하게 수행하는 줄 알았다.

기계처럼 정확하게.

기계처럼 담담하게.

그런데 현실은 어떤가. 회의장에서 졸았다? 대신과 싸우고 열 받아서 도망쳐 나왔다?

"마치 인간 같군."

"그게 무슨 뜻인지는 모르겠지만, 아무튼 잘 부탁할게요."

그리고 떠나갔다.

변함없이 그 발소리는 무음이었고, 등을 돌리는 동작도 더없이 민첩했지만.

"……저 전투 인형도 웃는구나."

처음 봤다.

샐린저의 피를 뒤집어써도 눈썹 하나 까딱하지 않던 소녀가, 그렇게 온 얼굴을 찡그리면서 신나게 웃다니. 또 가장 놀라운 것은——.

귀여웠다.

본디 이목구비가 단정한 소녀라고 생각하기는 했지만, 그것은 인형 같은 아름다움이었다. 인간적인 매력은 전혀 없었다. 그렇게 생각했는데…….

"쳇."

또다시 혀를 차고 걸음을 빨리했다.

넋을 잃고 봤다. 그 사실을 인정하는 것을 거부하려는 듯이, 샐린저는 눈앞에 있는 벽을 주먹으로 때렸다.

"오늘만 예외다. 다음에는 그냥 보내주지 않을 거야."

2

목숨을 건 결투였을 것이다.

샐린저는 소녀 밀라의 성령을 빼앗기 위해 도전하고, 밀라는 그를 격퇴한다. 시내에서 마주친 이후로도 그것은 전혀 변하지 않았다.

그러나 언제부터였을까.

싸우는 순간이 못 견디게 사랑스러웠고, 언제까지나 이런 관계가 지속되기를 진심으로 바라게 되었다.

그랬는데——.

30년 전 「여왕 7세 암살 계획」에 의해 모든 것이 뒤틀리고 말았다.

샐린저가 휘말린 기괴한 사건. 그것이 발단이었다.

그 사건의 범인을 추적하는 과정에서 샐린저는 그 당시의 여왕 네뷸리스 7세의 목숨을 노리는 쿠데타 계획에 관한 이야기를 들었다.

표적은 두 명.

"목표물은 여왕. 그리고…… 콘클라베의 가장 유력한 후보 밀라베어……라고?"

밀라 왕녀의 목숨을 노리는 자가 있었다.

그것도 시조의 말예들 중에.

"……골육상쟁. 하찮구나, 이 추악한 혈맥. **감히 누구의 허락을 받고 내 여자에게 손대려는 것이냐!**"

미지의 감정이 시키는 대로 샐린저는 여왕궁으로 향했다.

밀라는 누구보다도 강하다.

그러나 시조의 말예도 하나같이 강력하고, 또 쿠데타를 몰래 계획하는 조직도 대규모일 것이다. 기습을 당하면 밀라도 위험해질 것이다.

——누군가가.

——누군가가 그녀와 함께 싸워줘야만 한다.

"착각하지 마라, 밀라. 너를 동정하는 것이 아니다. 이것은 나 자신을 위해서다."

스스로에게 그렇게 말하면서.

여왕궁에 숨어 들어간 샐린저가 본 것은——.

바닥에 쓰러진 여왕 네뷸리스 7세였다.

"……이럴 수가."

늦었다.

누군가가 쿠데타 계획을 눈치챘다. 그걸 알아낸 주모자가 계획을 앞당겨 실행하는 바람에, 샐린저가 한발 늦어버린 것이다.

그리고 샐린저는 거기서 여왕을 덮친 괴물을 목격했다.

"윽. 뭐야, 이 괴물은?!"

왕가 중 하나인 「히드라」.

그 피를 이어받은 자가 놀랍게도 순식간에 이형의 괴물로 변모한 것이다.

——피험자 F.

샐린저를 공격한 것은 이형의 마녀였다.

이루 말할 수 없는 괴물의 중압감. 시간으로 따지면 고작 몇 분. 그러나 1초가 한 시간처럼 느껴질 정도로 극한의 사투를 벌이다가.

"샐린저?!"

이형의 마녀는 도망쳤고.

남겨진 사람은 여왕과 샐린저. 그곳에 달려온 사람은 밀라였다.

"여왕 폐하……."

쓰러진 여왕과, 샐린저.

**여왕의 성령을 노리고 왕궁에 침입했다**──아무것도 모르는 밀라의 눈에는, 두 사람의 관계가 그렇게 보일 수밖에 없었다.

"샐린저어어어!"

처음으로 포효했다.

전투 인형으로서 살아온 왕녀가 처음으로 「분노」란 감정에 눈 뜬 순간이었다.

"당신이…… 당신이, 여왕님을 공격했나요?!"

"…………."

"대답하세요!"

그때. 만약 샐린저가 진실을 이야기했더라면 역사는 달라졌을 것이다.

그러나 그건 불가능했다. 진실을 이야기하고 이해를 구하기에 는, 그는 너무나 자존심이 강했다.

나를 믿어라──.

그런 변명을 하는 자기 자신의 추태를 받아들일 수 없었다.

한편 밀라베어도, 침묵을 지키는 그를 무조건적으로 믿는 것은 왕녀로서의 존엄과 입장 때문에 불가능했다.

자존심과 존엄이 두 사람을 갈라놓았다.

두 사람은 거기서 결별했다.

소녀는 울고 있었다. 울면서 칼을 뽑아 그를 공격했다.

"샐린저! 대체 왜?! 왜 이런 짓을 한 겁니까!"

"……밀라."

"나는 당신을 유일한 숙적이라고 생각했어요. 우리가 적이어도, 같이 있을 때는 즐거웠고. 더 오래 같이 있고 싶었는데. 그걸 왜 망가뜨린 겁니까!"

라이벌이라는 관계는 사라졌다.

샐린저는 여왕을 공격한 죄인이고, 밀라베어는 그를 붙잡는 정의의 단죄자이다.

평범한 정의와 악이라는 관계가 되어버린 것이다.

"……나는, 이렇게 불편한 기분으로 당신과 싸우고 싶진 않았어!"

싸움 끝에.

샐린저는 알카트루즈의 오레르간 감옥탑에 갇히게 되었다. 여왕의 성령을 빼앗으려고 왕궁에 침입한 최악의 마인으로서.

──진실을 이야기할 생각은 없다.

원래 왕가의 싸움에 끼어들 마음은 눈곱만큼도 없었다.

현 정권이 무너지고 히드라가 황청을 지배하든 말든 아무래도 상관없었다.

자신이 신경 썼던 것은 오직 밀라 밖에 없었다. 그리고 자신은 그 밀라의 신뢰를 잃었다. 단지 그뿐이니까.


그리고 지금.

흑강의 후계자 이스카와 빙화의 마녀 앨리스가 같은 운명의 길을 걸으려고 하는 광경을, 과거의 주역이 홀로 묵묵히 내려다보고 있었다.

## Chapter.6
# 『너와 나의 뒤틀린 결전,
혹은 두 사람이 맹세한 밤』

the War ends the world /
raises the world

# 1

언제, 무엇을 계기로.

우리의 운명의 톱니바퀴가 어긋나게 된 걸까. 설령 우리가 적이어도, 입장을 초월한 공감대는 있다고 생각했다.

지금도 그렇다.

마녀 비소와즈에게 빼앗긴 시스벨 왕녀를 되찾기 위해 쫓아왔는데.

"시스벨은 우리가 구할 거다. 너희는 저택을 탈출해서 안전한 곳에 숨어 있어."

"……알았어요."

"오늘 밤에만 따르겠습니다. 그래서 시스벨 님을 되찾을 수 있다면…….''

소녀 시종들은 저택 밖으로 탈출.

붕괴하기 직전인 저택을 미스미스 대장님, 진, 네네가 감시하기로 하고, 이스카는 단독으로 마녀 비소와즈를 쫓아 여기까지 왔다.

그랬는데——.

"앨리스, 내 말을 들어봐!"

송곳 같은 찬바람 속에서 이스카는 소리 높여 외쳤다.

성령이 만들어낸 엄청난 냉기가 이 들판을 길까지 통째로 얼려 버렸다. 스케이트장처럼 일면이 은반으로 변한 이 땅에서.

"나는 시스벨을 구하러 달려온 거야. 거짓말이 아니야."

"그런 말은 들어줄 수 없어!"

금발 머리 소녀의 대답은 오열 섞인 절규였다.

"나는…… 내 눈앞에서 일리티아 언니가 베이는 장면을 봤어. 게다가 어마마마까지도!"

"……뭐라고?"

"이것은 전쟁이야. 누군가가 다치는 것은 당연한 일이겠지! 하지만 나는 왕녀로서, 왕가에 고통을 복수해야만 한다고!"

사견 따위는 용납될 수 없다.

제2왕녀 앨리스리제는 제국인과의 대화를 받아들일 수 없다.

"제국군은 넘으면 안 될 선을 넘어버렸어……. 이제 이 전쟁은 멈추지 않을 거야. 어느 한 나라가 완전히 폐허가 되어 멸망할 때까지!"

"…………."

지난 수 시간 사이에 모든 것이 변해버렸다.

그것은 앨리스의 절규를 들은 시점에서 이스카도 본능적으로 눈치챘다. 황청과 제국의 전쟁은 최악을 뛰어넘어 「기원」 수준으로 악화된 것이다.

100년 전.

시조 네뷸리스의 반란과 같은 상황이 되어버렸다.

그리고 자신들의 관계도 과거로 돌아간다————.

두 사람이 처음 만났던 때의 관계로.

"어느 한 나라가 멸망할 때까지 싸운다고? 앨리스, 그게 네 본심이야?"

"황청의 총의야. 내가 어떻게 할 수 있는 것이 아니야."

얼음벽을 세운 소녀가 눈물을 닦았다.

"제국을 타도하는 것이 나의 최종 목표였어. 하지만 이렇게까지 하는 것은 아니었어. 제국인을 모조리 몰살시킨다든가, 제국을 완전히 폐허로 만든다든가. 그런 것은 생각하고 싶지도 않았어⋯⋯. 왜냐하면, 그건 조아 가문과 똑같은 거니까."

전면전과 제국 멸망————.

성공하더라도 네뷸리스 황청은 엄청난 희생을 치르게 될 것이다. 왕가도, 전장에 투입된 성령 부대도.

그러나 이제는 운명의 톱니바퀴를 멈출 수 없다.

"제국인 중에 말이 통하는 사람이 있다는 것도, 당신을 만나고서 알게 되었어. 제국을 타도하는 것도 나는 가능한 한 원만하게 끝내고 싶었어————하지만! 그 희망을 부숴버린 것이 제국군이야!"

앨리스의 온몸에서 발산되는 성령 에너지가 밤하늘에 선명하게 피어나고.

결전이 시작된다.

"나를 죽일 각오로 덤벼, 이스카. 나도 주저하지 않을 테니까!"


흑강의 후계자 이스카와 빙화의 마녀 앨리스의 두 번째 결전——.


빠직.

이스카의 발밑에서 빛나는 은반에 금이 갔다.

이 균열에서 뭔가가 튀어나오려나? 경계하는 이스카의 눈앞에 떠오른 것은 보석같이 잘 연마된 거대한 얼음 「거울」이었다.

이스카를 에워싸듯이 전후좌우에 규칙적으로 우뚝 솟아난 여덟 개의 거울.

"얼음 거울?!"

"다시 한번 말할게. 난 정말로 봐주지 않을 거야!"

처음 보는 얼음 성령술이었다.

……앨리스의 힘은 어마어마하지만, 얼음 성령의 능력은 극히 단순했다.

……얼음으로 상대를 때리거나, 가두거나. 그런데 이것은 좀 다른가?

무엇을 위한 거울이지?

아마 특수 능력은 없을 것이다. 어차피 거울의 소재는 얼음. 얼음과 관련된 능력만 가지고 있을 테니까, 성검으로 전부 박살 내는 것이 정답일 텐데.

──「빙화, 사진애묘(沙塵埃渺)*의 광선무(光扇舞)」.

빛의 명멸.

찰나의 순간. 시야 가장자리에 걸린 거울이 반짝이는 순간을 이스카의 눈은 놓치지 않았다. 상야등의 빛과는 달랐다. 은은한 환상적인 빛이 모여들었다.

성령광이 응축된 건가?

그것이 그의 기억 속에 있는 내네와 시스벨의 대화를 상기시켰다.


"이게 뭐야……? 전기가 아니야. 연료도 아니야. 이 강한 에너지원은…….."

**"성령 에너지의 빛이에요!"**


마녀사냥 기체 「오브젝트」.

그것의 라이프 폼 인테그라(성체 분해포)의 발동 전조를 연상시켰다.

"그거구나!"

섬광이 여덟 개의 거울에서 사출됐다.

─────
*소수점 아래 작은 숫자를 나타내는 말. 순서대로 10-8, 10-9, 10-10, 10-11

얼음이 아니었다. 성령술의 근원이 되는 성령 에너지 그 자체를 발사한 것이다.

한 줄기 빛이 거울에 반사되어 두 개로 갈라지고, 그것이 또 다른 거울에 반사되어 분열과 증폭을 반복한다.

100개가 넘는 섬광이 한가운데 있는 목표물을 관통했다.

──고 생각했는데.

"여전하네. 놀랍도록 날카로운 그 직감은."

앨리스의 상찬에 거짓은 없었다.

강력한 적을 상대로, 스스로 경고하는 의미였다.

"나의 신기술. 아직 실험 중이라 린에게도 보여주지 않은 기술인데."

"……운이 좋았던 거야."

신속하게 뒤로 물러난 이스카의 뺨에서 배어 나오는 붉은 물방울.

1초 미만의 차이였다.

그야말로 찰나 미만──사진애묘의 차이로, 이스카는 여덟 개의 거울 바깥으로 도망쳤다. 섬광의 범위 바깥으로.

"거울을 깼으면, 아마 제때 피하지 못했을 테지."

"맞아. 너라면 우선 거울을 깰 거라고 생각했어. 그런 함정이니까."

"……마치 나를 위한 전용 대책인 것 같군."

"내 말이 그 말이야. 이런 기술은 다른 누구에게도 의미가 없는걸."

여전히 빨갛게 부어 있는 두 눈으로 앨리스가 이쪽을 똑바로 보면서 말했다.

"처음 네우르카 수해에서 싸웠을 때부터 당신을 위해 준비했어. 하지만 도중에 개발을 그만뒀지. 이것은 너무 비겁하다고 생각해서……."

순전히 이스카를 상대하기 위한 전술.

이런 기괴한 얼음 거울에 둘러싸였을 때, 다른 제국 병사라면 경계하여 도망칠 것이다.

그러나 이스카는 다르다.

도망치기는커녕 덤벼들 것이다. 틀림없이 그 탁월한 기동력으로 거울을 부수기 시작할 것이다. 그런 행동을 역이용해서 그를 가까이 끌어들인 다음에 거울의 섬광으로 태워버린다.

빛의 공격은 어떤 검사도 제때 반응하지 못한다.

……실제로 그랬다.

……이것이 개발 도중이 아니라 완성된 기술이었다면 정말 위험할 뻔했다.

빛의 명멸이라는 전조가 있었다.

그래서 이스카도 무슨 기술인지 눈치챈 것이었다. 완성된 기술이라면 빛의 명멸 현상조차 없었을 것이다.

"이건 그냥 함정이나 마찬가지야. 정정당당하지 않고, 나의 진짜 성령술도 아니야. 결판을 낼 때는, 난 나의 진짜 기술로 싸우고 싶었어. 하지만 이제는 그런 말을 할 수 없는 상황이 되었어."

"……정말로 수단 방법을 가리지 않는 거구나."

"이제는 시간이 없어! 제국군의 침공이 지금도 계속되고 있어. 나는 황청을 지켜야만 해!"

용서할 수 없는 적.

이에 대해서는 비겁함을 따질 것도 없다. 아무리 비인도적인 전술이라도, 앨리스는 주저할 수 없다.

지켜야 할 왕가와 국민을 위해서라면──.

제2왕녀 앨리스리제는 얼마든지 철저히 잔혹해질 것이다. 설령 그것이 자신의 진심이 아닐지라도.

"이스카, 전력을 다해 덤벼. 네우르카 수해에서 싸웠을 때처럼. 나는 당신을 이름도 모르는 제국 병사라고 생각하고 싸울 거야."

"너, 진짜──."

성검을 쥔 손에 힘이 들어갔다.

피부가 얼어붙을 것 같은 살기는 분명히 느껴졌다. 눈앞에 있는 존재는 앨리스가 아니다. 제국군의 가장 위협적인 적, 빙화의 마녀 앨리스리제.

……웃기지 마. 시스벨을 구출해야 하는 이 타이밍에.

……하필이면 이런 상황에서 앨리스와 결판을 내야 한다고?!

이 얼마나 뒤틀린 운명인가.

제3왕녀 시스벨의 구출을 방해하는 장애물로서 제2왕녀 앨리스리제가 앞을 가로막다니.

"비켜, 앨리스. 나는 저쪽에 볼일이 있어!"

"그래? 그럼 나를 베고 가. 할 수 있으면!"

앨리스의 옆에서 생겨난 얼음 골렘.

부하를 늘릴 셈인가?

경계하는 이스카의 눈앞에서 그 골렘은 바닥에 쓰러져 있는 앨리스의 부하를 안아 들었다. 그와 동시에 소녀는 드레스 자락을 크게 휘날리면서 양팔을 벌렸다.

······부하를 지키기 위한 골렘.

······무차별 광범위 냉기 폭탄을 터뜨리려는 건가!

짐작 가는 기술은 하나.

빙화의 마녀라는 속칭의 상징이라고 할 만한 성령술이 있었다.

──「대빙화」.

밤공기가 비명을 질렀다. 들판도, 길가의 나무도 상아등 기둥도, 모든 것이 환상적인 하얀 안개에 뒤덮여 갔다.

**위험해.**

밤의 어둠 때문에 하얀 안개를 알아보기가 몹시 힘들었다. 앨리스는 이것을 노린 것이었다. 이미 한번 이스카가 피했던 기술이라도, 이 「밤」은 앨리스 편이었다.

"크윽?!"

어디까지가 동결 범위인지도 모르면서 일단 무조건 위를 향해 똑바로 뛰어올랐다.

빠직.

얼어붙는 소리가 나면서 미증유의 지독한 한파가 들이닥쳤다.

"…………."

이스카가 **착빙**(着氷)했다. 지면에서 5m 이상 솟아오른 빙벽 위에.

직접 보니 새삼스레 소름이 끼쳤다.

그야말로 빙하기였다. 들판도 상야등도, 도로에 옆으로 누워 있던 자동차도 전부 다 평등하게 얼어붙어 있었다. 이곳이 전장이었다면 전차도 거점도 통째로 얼음으로 뒤덮였을 것이다.

"역시 피했구나."

그 목소리는 뒤에서 들렸다.

빙설이 섞인 바람의 저편에, 성령광에 비춰진 금발 머리 소녀가 서 있었다.

"당신이 네우르카 수해에서 피했을 때는, 사실 나는 별로 동요하진 않았어. 「어차피 우연일 거야」라는 생각이 내 머릿속 어딘가에 있었거든."

얼음 언덕 위에 서 있는 소녀.

그 매끄러운 입술에서 하얀 숨이 희미하게 흘러나왔다.

"결국 린이 옳았던 거야. 그 애가 언제나 말했었어. 이스카라는 제국 검사는 반드시 나를 위협하는 존재가 될 거라고. 그러니까 마음을 열면 안 된다고."

"위협적인 건 피차일반이잖아."

"…………그런데."

자신의 어깨 위에도 쌓인 얼음 결정.

그 상태로 꼿꼿이 서서, 빙화의 마녀 앨리스리제는 말을 이었다.

"나를 비난하지 않는 거야?"

"뭐?"

"나를 마녀라고 불러도 돼. 나는 제국군의 적인걸. 나는 네게 선전포고했어. 그러니까 마녀란 소리를 들어도 순순히 받아들일게."

"…………."

"이제는 괜찮아. 당신이 나를 그렇게 불러도, 나는——."

"앨리스."

이어지는 말을 이스카가 가로막았다.

"네 목소리. 떨리고 있어. 그렇게 억지로 자조하는 말은 듣고 싶지 않아."

소녀가 눈을 휘둥그렇게 떴다.

그 어깨가 살짝 흔들리고, 입술이 부들부들 떨렸다.

"————."

"그런다고 누가 좋아해? 나도……."

"그만해!"

그 순간 소녀가 머리카락을 거칠게 흔들며 외쳤다.

피를 토하는 것처럼 갈라진 목소리로.

"제발 그만해. 나에게…… 나에게, 다정한 말을 해주지 마. 난 더 이상, **너**의 라이벌이 될 자격이 없어!"

입술을 깨무는 소녀.

그 눈가에 맺힌 조그만 물방울이 냉기에 휘말려 반짝거리는 얼음 입자로 변했다.

──눈물처럼 생긴 얼음 결정이.

바람을 타고 알알이 흩어져 내렸다.

몇 알이나 계속해서, 끊임없이.

"나는 네뷸리스의 왕녀로 살아야 해! 제국을 멸망시켜야만 해! 그러니까 이제 그만해, 모든 것을 잊어버리고 나와 싸워줘!"

소녀의 포효.

그것은 이스카가 들어본 것 중에서 가장 슬픈 마녀의 전투 표명이었다.

──「빙화, 천 개의 가시 눈보라」.

상공의 바람 속에서 얼음 검이 잇따라 생성되었다.

네우르카 수해에서도 본 적 있는 공격이지만 상황이 달랐다. 이런 한밤중에는 얼음 검을 눈으로 확인하기는 몹시 어려웠다.

……안 돼. 알고는 있었지만, 적당히 싸우는 것은 불가능해.

……상대는 진심으로 싸우는 앨리스라고!

자기 자신을 질타했다.

내가 진심으로 싸우지 않으면 목숨을 잃을 것이다. 상대는 그만큼 대단한 성령술사였다.

"이스카, 덤벼!"

그 한마디에 이끌린 것처럼——.

검이 날아다니는 허공으로 이스카는 몸을 던졌다.

얼음 검은 전방위. 머리 위는 물론이고 전후좌우에서 장맛비처럼 쏟아져 내린다. 완벽하게 피하는 것은 불가능하다.

자신이 쓰러지기 전에 적을 쓰러뜨려야 한다.

이스카가 그런 결단을 내리도록, 앨리스는 일부러 이 성령술을 선택한 것이었다.

"하앗!"

흑의 성검을 꽉 쥐고, 날아오는 칼을 후려쳤다.

빙상에 생긴 균열을 뛰어넘어.

아무것도 없는 허공에서 고양이같이 몸을 빙글 돌렸다. 옷의 목둘레 근처를 스치고 지나가는 검을 힐끗 보고, 종이 한 장 차이로 빠져나갔다.

"밑이냐!"

발밑에서 솟아난 얼음 가시를 발로 차서 부쉈다.

그리고 앞으로.

눈보라 속에서도 눈 한 번 깜빡이지 않고 우직하게 전진했다. 얼음 위를 미끄러지듯이 달려갔다. 새파란 빛으로 감싸인 그녀를 향해.

"어서 와, 이스카. 이제 끝내자."

빙화의 마녀 앨리스리제가 양손을 앞으로 쑥 내밀었다.

"누가 이겨도 끝나는 거야. 우리의 싸움에 종지부를 찍자. 이 **원하지도 않는 결말을 강요하는 운명을 원망하면서!**"

---

빙설이 섞인 바람이 휘몰아쳤다.

제2왕녀 앨리스리제의 성령이 낳은 엄청난 한파가 이 일대를 무차별적으로 빙하기 같은 경관으로 바꿔놓았다.

"…………."

그 한파 속에서 초월의 마인 샐린저는 태연하게 저 아래를 내려다보고 있었다.

들판 전체가 보이는 높직한 언덕.

발밑의 풀이 하얗게 얼어붙는 한파 속에서도 백발 위장부는 눈썹 하나 까딱하지 않고 그곳에 버티고 서 있었다.

"별의 운명이여. 이것이 네가 바란 세계의 모습인가?"

제2왕녀 앨리스리제와 제국 검사 이스카의 싸움.

왕궁에서는 제국군과 성령 부대가 여전히 격렬한 공방전을 벌이고 있었다. 그 이면에서, 이 두 사람의 싸움을 지켜보는 사람은 오직 나 하나였다.

"……아니면 이것이 인간에게 주어진 시련이란 건가? 이 불모의 싸움에는 미래 따윈 하나도 없을 텐데."

샐린저는 두 사람의 사정을 몰랐다.

다만 무슨 일이 일어났는지는 한눈에 알 수 있었다. 똑같았다. 30년 전, 여왕의 방에 있는 자신을 발견했던 밀라베어와 똑같은 표정.

"왕가는 같은 역사를 반복하는 것인가……."

——왜 우리는 이런 끔찍한 결말을 맞이할 수밖에 없는 거야?

별의 운명에 대해 크게 한탄하고 망설여도.

그래도 왕녀라는 입장이 가만히 있는 것을 허락해주지 않는다. 황청을 지켜야 한다는 운명을 지니고 태어난 소녀가, 과거에도 현재에도 별의 운명에 의해 농락당하고 있었다.

"……못 봐주겠군."

저 아래의 싸움을 외면하고 돌아섰다.

결판이 나기 직전.

이제 몇 분도 안 걸릴 것이다. 두 사람의 결사적인 표정이 그것을 가르쳐줬다. 그러나 누가 쓰러지고 누가 끝까지 서 있든지, 사실 아무런 차이도 없었다.

이 싸움에서 남는 것은 승자가 아니다.

남은 사람도 패자다.

아무것도 얻을 것이 없기 때문이다. 지독한 허무함만 남을 뿐. 결국 이 싸움이 시작된 시점에서 두 사람 모두 패배한 것이다.

**운명에 패배했다.**

30년 전, 과거의 왕녀와 자신이 그랬듯이.

"……못 봐주겠어."

약간 짜증 섞인 말투로 그렇게 다시 한번 중얼거리더니.

초월의 마인 샐린저는 끝을 향해 달려가는 두 사람의 싸움을 외면하고 돌아섰다.

---

——이것이 마지막이다.

밤의 어둠을 가르며 얼음 검이 쉴 새 없이 쏟아져 내렸다.

천 개나 되는 칼날.

죽음을 부르는 비에 쫓기면서, 이스카는 그저 똑바로 금발 머리 소녀를 향해 달려갔다.

"「빙화(氷花)」!"

앨리스가 양손을 앞으로 내밀고 소리쳤다.

그 발밑에 있는 은반이 갈라지더니, 식물이 싹을 틔우듯이 커다란 꽃처럼 생긴 얼음 방패가 생성됐다. 소녀의 성령을 상징하는 「빙화」——시조 네뷸리스의 성령술조차 막아낸 무적의 방패가.

성검을 막고 반격하려는 건가?

그렇게 생각한 이스카의 눈앞에서 꽃의 중심이 불룩 튀어나왔다.

**꽃의 씨앗.**

투명한 수정처럼 아름다웠다. 주먹만 한 크기의 씨앗이 딱 하나, 빙화의 꽃잎에 감싸인 채 점점 밝게 빛나기 시작했다.

빛은 바로 그 씨앗 안에서 생겨나고 있었다.

"이 빛은?!"

"오직 빙화를 전개했을 때에만 성령은 내 육체에서 떠나 이 씨앗으로 옮겨가는 거야."

방패를 양손으로 든 앨리스가 그렇게 대답했다.

"이 씨앗은 나의 성령 그 자체니까."

"……그래서였군."

과거에 이스카의 성검도 저 빙화에 가로막혔었다.

성검이 벨 수 있는 것은 성령 에너지밖에 없다. 앨리스의 빙화는 성령 그 자체이기 때문에 성검으로는 베지 못했던 것이다.

"아무것도 숨기지 않을게. 이게 진짜 마지막이니까……!"

씨앗이 빛을 발했다.

빙화의 성령 본체에서 발사되는 극대 에너지의 출력은, 여덟 개의 거울에서 방출된 에너지와는 비교도 안 될 것이다.

빛이 부풀어 오른다——.

이스카가 성검을 높이 들어 올리고, 빙화에서 폭발적인 빛이 발사됐다. 정확히 동시에.

1초, 일순, 찰나, 그런 온갖 시간의 단위로도 비교할 수 없는 「동시」.

그리고.

이스카의 대각선 뒤쪽 저 멀리 있는 어둠의 공간을 빙화의 섬광이 통과했다.

............

.......................어?

직격은커녕 옷자락 하나 스치지도 않았다. 조준이 엉망진창인 빛의 사격이었다.

첫 번째는 일부러 빗나가게 하고, 두 번째에서 맞히려는 건가?

빙화의 방패를 든 앨리스의 눈을 똑바로 바라봤다. 그리고 눈치챘다. 어째서 자신을 노렸어야 할 섬광이 빗나갔는지.

일부러 빗나가게 했다?

아니다.

빙화의 마녀 앨리스리제는 진심이었다. 진심으로 자신을 노리고 쐈다.

그러나 맞지 않았다.

"............"

"뭐, 뭐야, 이스카. 왜 그래?! 왜 뛰다가 그만둔 거야?!"

빙화의 보호를 받는 앨리스가, 우뚝 멈춰 선 자신을 보고 소리쳤다.

이스카는 침묵했다.

검의 공격 범위에서 아슬아슬하게 벗어난 곳에 멈춰 서서 앨리스와 마주 봤다.

"쏘, 쏜다?! 네가 그렇게 저항하지 않아도, 난 정말로——."

"안 맞아."

"뭐?!"

"내 모습이 제대로 보이지도 않잖아. **눈이 그렇게 됐는데.**"

빙화의 마녀 앨리스리제——.

그녀의 두 눈은 방울방울 흘러넘치는 눈물로 덮여 있었다.

시야가 흐려져 앞이 잘 보이지 않았다. 이스카의 모습도 흐릿하게만 보였다.

어느새 눈꺼풀은 새빨갛게 부어올랐고——.

한파에 의해 눈물이 얼음 조각이 되어 또르르 떨어졌다. 그래도 눈물은 멈추지 않고 마치 샘물처럼 눈꼬리에서 새어 나와 커다란 물방울로 변했다.

"············으······흑······."

소녀의 오열이 바람에 섞였다.

현현했던 빙화가 마치 올 풀리듯이 사라져갔다.

연이어 극대 에너지를 방출하는 바람에 많이 소모된 성령이 주인의 육체로 돌아갔으므로.

"······이제 그만하자."

한 쌍의 성검을 칼집에 집어넣고 이스카가 그렇게 말했다.

이걸로 충분하다.

이건 성전이 아니다. 알고 있었다.

"분명히 말해둘게. 이렇게 분노해서 이성을 잃어버린 앨리스하고는 싸우고 싶지 않아. 나와 앨리스가 싸워야 할 때는 지금이 아니야."

"……그런 건——."

금발 머리 소녀의 표정이 굳어졌다.

"그런 건, 나도 알아! 마찬가지라고! 하지만 벌써 몇 번이나 말했잖아? 나는 제국군을 용서할 수 없어!"

"애초에 그게 너의 착각이야. 이것은 제국이 혼자서 꾸민 음모가 아니야. 시스벨을 납치한 것도 제국군을 불러들인 것도, 앨리스, 너와 같은 시조의 말예야. 그중 한 명은 네 언니인 제1왕녀이고."

"……언니가……?"

"시스벨이 그렇게 말했어. 네가 별장을 떠난 직후에."

앨리스가 별장을 떠난 후.

히드라 가문의 당주 탈리스만이 쳐들어오기 직전이었다.


"방금, 드디어…… 알아냈습니다……."

"배신자는 일리티아 언니예요……. 언니가, 여왕님을 배신하려고 하는 범인이에요!"


"네 동생의 말도 못 믿는 거야?"

"아니야! 나는…… 시스벨이 그런 말을 했다는 너의 그 말을 믿지 못하는 거야!"

앨리스가 주먹을 꽉 쥐었다.

"언니가 쿠데타와 관련되어 있는 게 아닐까. 나도 그런 식으로 의심했었어⋯⋯. 하지만, 나는 분명히 봤어. 일리티아 언니가 빈 사의 여왕 폐하를 감싸고 적의 칼에 베이는 장면을!"

"그것부터가 의심스럽잖아. 왜냐하면——."

"그 장면을 보고, 어떻게 언니를 의심할————."

**"내 말 좀 들어!"**

"——윽?!"

앨리스의 입술에서 희미한 비명이 새어나왔다.

**처음으로 혼났다.**

체험해보지 못한 공포. 소녀는 깜짝 놀라 입을 다물었다.

왕녀인 앨리스리제에게 화내는 사람은 그동안 여왕님 이외에는 한 명도 없었다. 그 여왕님도 냉정하게 타이를 뿐이었고.

그러니까 이것이 처음이었다.

소년이 진심으로 화를 내자, 앨리스는 비로소「혼난다」는 게 무 엇인지 알았다.

"⋯⋯⋯⋯."

"앨리스, 잘 들어."

겁먹은 눈빛으로 쳐다보는 소녀에게 말했다.

"루 가문의 별장은 히드라 가문의 습격을 받아 무너졌어. 제국 병사로 변장한 것도 히드라 가문의 자객이었고. 그놈들은 전부 당주의 명령으로 움직이고 있었어."

"……당주."

"포학의 탈리스만. 파동의 성령 에너지로 자신의 체술을 강화해서 싸우는 타입이지. 내 말이 틀리진 않을 거야, 안 그래?"

"…………."

앨리스의 침묵이 곧 대답이었다.

제국인인 이스카가 순혈종의 성령을 알고 있다. 그 사실은, 루 가문의 별장을 당주 탈리스만이 습격했다는 증거가 될 수 있으리라.

"……나도…………."

침묵을 지키던 앨리스가 가늘게 숨을 내쉬었다.

"나도…… 너는, 거짓말을 할 사람이 아니라고 생각해. 하지만……."

"하지만?"

"나로선 판단할 수가 없어! 왜냐하면 탈리스만 경의 이름도 성령도, 제국군이 이번 계획을 실행하기 전에 조사했을 가능성은 부정할 수 없는걸. 탈리스만 경을 추궁해봤자 그렇게 대답할 게 뻔하잖아!"


"제국인인 이스카의 증언 따위는 다 헛소리야."

"앨리스 군, 자네는 제국인이 꾸며낸 거짓말을 믿는 건가? 같은 왕가의 동료인 나보다도 그를 믿는다고?"

그런 반론에 대처할 증거가 없는 것이다.

루 가문의 별장은 무너졌다.

그 잔해 밑에서 발견되는 물건은 전부 다 제국의 총과 장비일 테고. 히드라 가문의 습격이 아니라 제국군의 습격이라는 가설만 한층 더 설득력을 얻게 될 것이다.

……그건 그렇다.

……시스벨의 등불의 성령 이외에는, 히드라 가문의 습격을 증명할 증거가 없다.

그래서 적이 시스벨을 노린 것이다.

낭주 탈리스만이 직접 이스카를 붙잡아놓고, 덤으로 나녀 비소와즈까지 달려와서 별장을 붕괴시켰다.

"……나는…… 모르겠어……."

눈에 눈물이 고인 소녀.

흔들리고 있었다.

이스카가 거짓말을 한다고는 생각하지 않았다. 그러나 자신도 두 눈으로 봤다. 제국군의 지독한 파괴와 잔학한 행위를.

무엇이 진실인지 모르겠다.

"시스벨은 이미 납치돼버렸잖아. 내 동생을 지키지 못한 제국 병사의 말을, 왕녀인 내가 믿을 수는 없어."

히드라 가문의 절대적 신용은 무너뜨릴 수 없다.

여왕이 제국군에게 공격당한 지금, 네뷸리스 왕궁에서 누가 제국인의 말을 믿어주겠는가. 그것은 앨리스도 마찬가지였다.

"나도…… 실은 너와 이런 기분으로 싸우고 싶진 않았어! 지금 여기서 싸우지 않아도 될 이유를 찾고 싶어서 미칠 지경이야. 하지만 아무것도 찾아낼 수 없는걸!"

앨리스는 눈을 비볐다.

눈앞을 뿌옇게 만들던 눈물을 손가락으로 걷어내고, 빙설이 춤추는 바람 속에서 이스카를 바라봤——.

"……어?"

앨리스가 멍하니 입을 반쯤 벌렸다.

"이스카, 그건……?!"

"응? 뭐야 이거?"

앨리스의 지적을 받고 이스카도 그제야 겨우 눈치챘다.

자기 손목에 극소량의 성령광이 묻어 있다는 사실을. 그 빛이 너무나 미약했고, 또 지금까지 긴급 상황에 대응하느라 바빠서 미처 눈치채지 못했다.

……회색빛? 앨리스의 것은 아니다.

……그럼 누구의 성령술이지?

저주 같은 건가?

그런데 피부에 묻었어도 놀랄 만큼 위화감이 없었다. 조금이라도 통증이 있었으면, 아무리 다른 데 정신이 팔렸어도 눈치챘을 텐데.

"설마……."

아직도 놀라움이 가시지 않은 듯한 앨리스가 홀린 듯이 이쪽으로 다가왔다. 그러자 이스카의 손목에 묻은 빛이 반응하여 마치 나비 같은 형태로 변했다.

빛의 나비.

"역시 「공명(共鳴)」이구나! 유밀리샤…… 우리 별장에서 일하는 아이의 성령이야. 너 혹시 그 애한테 무슨 짓 했어?"

"내가? 아니. 난 아무 짓도 안 했는데? 시종은 무사할 거야."

비소와즈에게 공격당한 유밀리샤도 어디 다치진 않았다.

다섯 명 전원 고성에서 탈출했다.

"아니, 그런 뜻이 아니라, 그 성령은 전언이야."

"전언?"

"상대를 만져서 전언을 맡길 수 있는 능력이야. 즉 넌 유밀리샤와 만났다는 뜻이지."

짚이는 것은 딱 하나.

별장을 탈출하기 직전에, 시스벨을 구출하겠다고 약속했던 그때.

"시스벨은 우리가 찾아올 거야. 반드시."

이스카는 날붙이를 주워서 소녀의 손에 쥐여 줬다.

"실패하면 내 목숨을 줄게. 이 나이프로 마구 난도질해도 돼."

유밀리샤의 손에 닿았었다.

그때 시종의 성령술이 몰래 이스카의 손에 깃든 것이었다.

"……이스카. 공격하지 않을 테니까, 가까이 가도 될까?"

묵묵히 고개를 끄덕였다.

앨리스에게서 성령의 빛이 사라졌기 때문이다. 가까이 가도 공격하지 않겠다는 앨리스 나름의 의사표시였다.

"루 가문에 고용된 시종은 평범한 시종이 아니야. 그 다섯 명은 전투 능력은 없지만, 모두 비상시에 대처하기 위한 성령을 가지고 있어."

"이 공명이란 것이 그거야?"

"응. 특정한 인간과 접촉하지 않으면 발동되지 않아."

앨리스가 손을 내밀었다. 그 손가락이 떨리는 것은, 이스카도 모르는 앨리스만의 갈등이 있어서일 것이다.

그 손이 빛의 나비에 닿았다.


"앨리스 님, 시스벨 님, 일리티아 님, 아니면…… 여왕 폐하."


주인에게 전하는 「전언」.

루 가문의 혈맥 네 명 중 누군가가 닿았을 때만 그 전언은 재생되는 것이었다.


"보고 드립니다. 저희 시종 일동, 진실한 영혼의 소리임을 왕가에 맹세하건대——."

"이 제국군의 침공은 제국군의 단독 음모가 아닙니다."

"쿠데타의 범인은 히드라 가문입니다."

제국군에게 협박당해서 하는 말이 아니었다.

협박에 의한 증언이라면 녹음테이프만 사용해도 충분할 것이다. 자기 성령을 제국군에게 보여주면서까지 남기고 싶어 한 전언이다. 그것은 바로——.

시종 유밀리샤의 진실한 증언이란 뜻이었다.

"당주 탈리스만이 제국 병사로 변장해 저택을 습격하고 파괴했습니다. 그리고 정말 죄송합니다. 시스벨 님을 빼앗긴 것은 제 책임입니다."

**"진짜 제국 병사**는 저희를 구출하고, 시스벨 님의 안위를 걱정하고 있습니다."

"부디 그들 네 명은 관대하게 보아주시길……."

이것은 루 가문 측의 일방적인 목격담이다.

왕가의 이단 심문회에서 히드라 가문에게 이 증거를 제시해봤자, 당주 탈리스만의 입장을 무너뜨릴 만한 공적 증거가 되지는 못할 것이다.

그러나.

루 가문의 왕녀에게는, 이 시종의 이야기는 너무나 충분한 증언이었다.

"…………."

빛의 나비가 날아간다.

공명의 역할을 마치고 한 마리 나비가 검은 장막 속으로 사라지는 모습을, 제2왕녀 앨리스리제는 그저 지켜볼 수밖에 없었다.

이윽고.

"…………그래……."

앨리스의 몸에서 넘치던 기백이 그 목소리와 더불어 쑥 빠져나왔다.

"결국, 네가…… 옳았던 거구나. 내가 속았던 거야……."

모든 것이 사기극이었다.

제국군의 침공은 히드라 가문이 초래한 것이고, 이스카 일행은 오히려 자신의 사랑하는 여동생을 지키기 위해 최선을 다했다.

여왕이 다친 것도 복수하려면 히드라에게 복수해야 한다.

——싸울 이유는 없다.

현재 왕궁을 습격하는 제국군이 진짜여도, 눈앞에 있는 이 사람과는 상관없다. 그 모든 것을 앨리스는 드디어 믿을 수 있게 되었다.

그리고.

"미안해, 미안해. 미안해……!"

소녀는 울면서 얼음 은반 위에 주저앉았다.

한번은 거의 멈췄던 눈물이 마치 둑 터진 듯이 흘러나왔다.

오열과 기침이 섞인 그 음성은 당장이라도 사라질 것처럼 가냘 팠다.

"……나는…… 정말로, 이 나라도 가족도 지키고 싶어서…… 그런데, 왜 이런……… 이런 최악의 행동을, 너에게………."

흐느껴 울었다.

제 몸을 지킬 것은 아무것도 없었다. 눈에 눈물이 가득해서 앞도 잘 보이지 않았다.

만약——.

소년이 적의를 가지고 있었다면, 이 무방비한 마녀에게 칼을 휘두르는 것쯤은 쉬운 일이있을 것이다. 그녀도 그것을 받아들일 수밖에 없었을 테고.

그러나 소년은.

"앨리스, 일어나."

그러자 이름을 불린 소녀는 흠칫하고 당황했다.

"내게 사과하기 전에, 먼저 해야 할 일이 있잖아."

"……응?"

"납치된 네 동생은 어쩔 건데. 내버려 둘 거야?"

자신을 쳐다보는 소녀를 향해서.

오직 그런 말을 **계속 쏟아냈다.**

"제국인인 나로서는 황청이 어찌 되든 알 바 아니야. 여왕에게 무슨 일이 생겨도 상관없어. 하지만 시스벨만은 그냥 내버려 둘 수 없고, 구해줄 생각이야."

"…………."

"앨리스. 넌 거기 앉아만 있을 거야? 그럼 난 먼저 간다."

부드러운 말은 해주지 않았고, 일어나라고 손을 내밀어주지도 않았다.

**두 사람은 그런 관계가 아니니까.**

"……신랄하네."

앨리스가 훗 하고 자조적인 미소를 지은 것은 딱 한순간.

눈물을 손가락으로 훑어내고, 제 발로 일어섰다. 비틀거리면서도 왕녀답게 기품 있는 태도로.

"여자애가 이렇게 울고 있는데. 전혀 다정한 말을 걸어주지도 않고 일어나라고 손을 내밀어주지도 않는다니. 제국인은 참 야만적이구나."

"네가 실망했어도 괜찮아. 다만——."

**"고마워."**

목덜미에 닿는 소녀의 숨결.

무슨 일이 일어난 걸까.

이스카가 이해하기도 전에 가볍게 그의 코끝을 어루만진 것은 앨리스의 비단실 같은 금빛 머리카락이었다.

그리고 가슴팍에서 느껴지는 부드러운 피부의 감촉.

"고마워……. 아직도 라이벌이라고 생각해줘서. ……지금까지와 같은 관계를 유지하는 거니까, 그렇게 나를 대등하게 대해주는 거잖아?"

포옹이 아니었다.

단지 그에게 자기 몸을 기대고 양팔로 그의 등을 감싸 끌어안았을 뿐이다.

그래.

이것은 결코 의도가 있는 행동은 아니었다. 뭔가를 바라는 행위가 아니었다.

"……앨리스?"

"_____."

서로 맞닿은 것은 겨우 몇 초.

무슨 일을 당했는지 이스카가 눈치채기 직전에 아름다운 마녀 공주는 이미 이스카에게서 떨어져 시선을 딴 데로 돌리고 있었다.


운명이 바뀌었다.


과거의 주역 샐린저와 밀라 왕녀가 겪었던 운명.

역사는 반복되지 않았다. 지금 여기서 별의 운명이 「세대교체」를 선언한 것이다.

그 이유는.

30년 전 두 사람은 둘 다 싸움 속에서만 자신을 표현했다. 두 사람의 너무나 강한 자존심이 그보다 가까운 거리감을 허락하지 않았다.

아니, 어쩌면 「서로 맞닿는 거리」에 도달하기 위한 시간이 조금 부족했던 걸지도 모른다.

그러나 이스카와 앨리스는——.


"저기, 당신. 파스타 좋아해?"

"이스카. 당신이 이 화가를 좋아하는 이유는 뭐야?"

"나는 너의 라이벌로서, 너의 모든 것을 알 권리가 있다고 생각해!"


**서로 맞닿았다.**

강함도 약함도, 인간으로서의 모든 것이.

흑강의 후계자 이스카와 빙화의 마녀 앨리스에게는 싸움 이외에 다양한 관계에서 서로를 인정할 시간이 있었다.

몇 번이나 만났고——.

엇갈렸고——.

헤어지려야 헤어질 수 없었고——.

이처럼 누구보다도 가까운 거리감이, 두 사람을 아슬아슬하게 붙들어준 것이다.

"……다시 한번 사과할게. 미안해."

입술을 깨무는 앨리스의 발밑에서 얼음이 녹아내렸다.

거대한 얼음벽이 녹았고, 밤의 들판도 서서히 제 모습을 되찾았다.

"나는 왕궁을 습격한 제국군을 원망하고 있고, 여왕님을 벤 사도성도 절대로 용서하지 않을 거야. ……하지만 앞으로 다시는 그런 불쾌한 감정을 너에게 쏟아내지는 않을게."

"시스벨은 어떻게 할 거야?"

"내가 히드라 가문을 쫓을게. 증거가 남아 있을지도 몰라……. 너는 시종들과 같이 있어. 별장은 위험하니까 멀리 떨어진 곳에."

앨리스가 뒤를 돌아봤다.

밤의 차도에 요란한 경적이 울려 퍼졌으므로.

"린에게 부탁한 의료팀이 왔나 봐. ……자, 어서 가. 단둘이 이야기하는 모습을 남에게 들키고 싶지 않아."

"알았어."

"……이스카."

"응?"

"나 말이야. 역시 너를 좋아해서 다행이야."

티 없이 맑게 웃으면서 했던 그 한마디는——.

앨리스 본인이 '헉!' 하고 정신 차린 표정으로 즉시 정정했다.

"아, 아니, **그런** 뜻이 아니라, 이건 라이벌로서의 호의야! 아, ……아니, 넌 왜 그렇게 멍하니 입을 벌리고 있는 거야? 이 중요한 시기에!"

"이게 누구 탓인데?!"

물론 **그렇다**는 것은 알고 있었다.

그런데 어째서일까? 가슴의 두근거림이 멈추지 않는 이유는 이스카도 알 수 없었다.

적일 텐데.

방금까지 진심으로 사투를 벌인 「마녀」의 한마디에.

──왜 이렇게 동요해버린 걸까?

마치.

진짜 매혹의 마법에라도 걸린 것처럼.

"……방금 그거. 앨리스의 새로운 함정인가? 하고 긴장했었어."

"시, 실례잖아. 그런 미인계 같은 파렴치한 짓을 누가 해……?!
어휴, 정말, 됐으니까 빨리 가. 운 좋게 목숨을 건졌구나, 이스카.
다음에는 진짜로 진정한 결판을 낼 거야. 기억해둬, 알았지?!"

앨리스는 드레스를 펄럭이면서 확 돌아서 뛰어갔다.

불타는 것처럼 뜨거워진 뺨을 숨기려는 듯이.

"다음에는……."

언젠가 반드시.

별의 운명은 바뀌어도, 결판을 내겠다는 두 사람의 의지는 변
하지 않았다. 그것은 이스카도 앨리스도 변함이 없었다.

그러나 지금은 아니다.

언젠가 반드시, 모든 것을 결정짓는 성전에 어울리는 때가 올
것이다.

그것을 예감하면서 두 사람은 각자 달리기 시작했다.


빙화의 마녀 앨리스는 여전히 전투가 벌어지는 네뷸리스 왕궁

으로.

흑강의 후계자 이스카는 동료들이 기다리는 교외로.


한편──.

두 사람은 아직 몰랐다.

지금도 전투가 계속되는 네뷸리스 왕궁에서 더 큰 이변이 발생하고 있다는 것을.

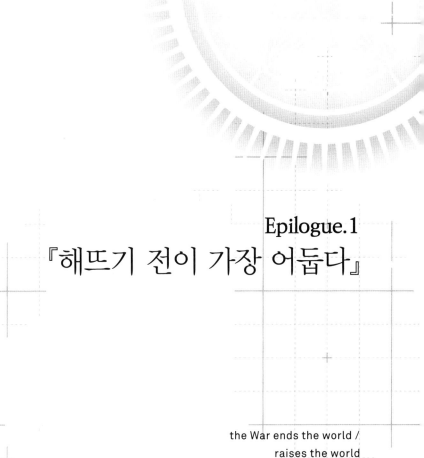

# Epilogue.1
# 『해뜨기 전이 가장 어둡다』

the War ends the world /
raises the world

흑강의 후계자 이스카와 빙화의 마녀 앨리스의 재대결.

그와 같은 시각에.

"몰랐느냐? 태양이 숨는 밤에는 달이 지켜보고 있다는 것을."

네뷸리스 왕궁 부지 내——.

제국군의 포화도 닿지 않는 조림지. 바람에 흔들리는 숲의 가장자리에서 달빛을 받으며 모습을 드러낸 것은 휠체어를 탄 노인이었다.

끼익 소리가 나는 차바퀴를 앞으로 굴리면서 이야기했다.

"이상하구나. 이단 심문을 받고 감옥에 갇혔던 꼬마가, 어떻게 제국군의 습격 시기에 맞춰 탈옥했을까?"

"…………."

"심지어 루 가문의 제3왕녀를 등에 업고 있으니."

조아 가문의 당주 그로울리.

사도성 네임리스에 의한 어깨 부상에도 불구하고, 이 억센 노인은 달의 탑을 빠져나와 이렇게 먼 바깥까지 온 것이었다.

"이봐, 꼬마야. 네 이름이 비소와즈였던가."

"아~ 망했네. 들켰잖아."

외투를 걸친 붉은 머리 소녀가 혀를 쏙 내밀며 익살스럽게 말했다.

등에는 루 가문의 제3왕녀 시스벨이 업혀 있었다. 수면제로 인해 잠들었는지, 이런 이야기 도중에도 깰 기미가 보이지 않았다.

"이건 의외네. 영감님. 제국군의 침입 때문에 엄청 바쁜 줄 알았는데."

"그것도 그렇지."

노인의 등 뒤에서는 지금도 네뷸리스 왕궁이 불꽃에 휩싸여 있었다.

제국군은 슬슬 철수할 낌새가 보였지만, 노인은 그 점에는 전혀 신경 쓰지 않았다.

"사도성은 죄의 성령이 뒤쫓고 있다. 나도 당주로서 나름대로 지위에 걸맞은 태도를 의식해야 하거든."

"아~ 응, 그래서?"

"내 눈을 속일 수 있다고 생각했나?"

노인의 쉬어빠진 웃음소리.

거리는 약 5m. 눈앞에 서 있는 붉은 머리 소녀를 손가락으로 가리키면서.

"제국군을 끌어들인 것은 너희 주인이지?"

그렇게 선고했다.

"일전의 여왕 암살 계획도 그래. 태양은 항상 물밑에서 움직이고 있었어. 좀처럼 꼬리를 드러내지 않으니까 눈치채지 못한 척하고 있었는데. 제3왕녀를 납치하려고 하는 것이 가장 확실한 증거. 밤바람을 맞으며 기다린 보람이 있구먼."

"흐음~? 그 나이에 꽤 대단하시네? 영감님."

시스벨을 업은 비소와즈가 유쾌하게 한쪽 눈을 크게 떴다.

태양의 탑으로 데려가는 장면을 목격당했다. 변명의 여지가 없는 이 상황에서, 오히려 그런 긴장감을 스스로 원했던 것처럼.

"조아 가문은 다 알아? 이거."

"쓸데없는 추측은 혼란을 낳을 뿐이지. 이런 사건 현장을 잡고 나서 이야기해도 충분하지 않은가."

"아하. 그럼 영감님이 단독으로 냄새를 맡고 왔구나. 좀 다시 봤어. 그런데 아이러니하네. 이 세상에는 모르는 편이 더 나은 것도 있는데."

"네놈이 이형의 존재로 변신한다는 사실 말인가?"

"…………."

"이단 심문회에서의 증언은 들었다. 리스바텐에서 시스벨을 덮친 네놈이 마치 인간 같지 않은 모습으로 변모했었다고."

현재 비소와즈는 어두운 색깔의 외투를 걸치고 있었다. 거기서 길게 뻗어 나온 맨다리는 하얗고 매끄러웠지만 어디로 보나 인간의 피부색이었다.

비소와즈가 어떤 괴물로 변모하는지는 이 노인도 아직 몰랐다.

──보여다오.

조아의 당주 그로울리의 은근한 도발이었다.

"나이가 들어서 그런지 의심이 많아서. 내 눈으로 직접 보지 않은 것은 신용할 수 없거든. 물론 그대로 있어도 상관없지만, 네가 과연 나에게서 도망칠 수 있을까?"

"불쌍한 영감."

마녀가 피식 웃었다.

"그렇게 은퇴하고 싶었구나. 그런데 미안하지만 난 지금 시스벨을 옮기느라 바빠. 그러니까 다른 상대를 준비해줄게."

"뭐?"

**"나보다 훨씬 무서운 마녀를."**

쏴아아.

미적지근하게 피부에 들러붙는 듯한 바람이 주위의 나무들을 흔들었다.

미아즈마[장기(瘴氣)]. 먼 옛날부터 오염된「나쁜 공기」로 알려진 전설의 독기처럼 불길한 바람. 당주 그로울리의 피부에 소름이 돋았다.

"뭐냐?!"

노인이 뒤를 돌아봤다.

쿡쿡. 쿡쿡.

정체 모를 누군가의 요염한 웃음소리가 이 숲에서 메아리처럼 겹쳐 울리기 시작했다.

"잘 가, 영감님. 아마 두 번 다시 만나지 못할 테지."

시스벨을 업은 비소와즈는 지면을 박찼다.

사람 하나를 업고 있다는 것이 믿어지지 않는 동작으로 멀어져 갔는데, 이에 대해 노인은 뭐라고 하지 않았다.

쫓아갈 수 없었다.

이 일대에서 소용돌이치는 마성의 바람과 웃음소리 때문에 저절로 온몸의 털이 곤두섰다.

——뭔가가 온다.

나이가 일흔이 넘은 역전의 순혈종이, 그동안 수많은 전장에서도 경험하지 못했던 미지의 위협을 느낀 것이다.

"이 범상치 않은 요기. 대체 누구냐!"

바닥을 박차는 기척.

뒤? 휠체어를 제자리에서 억지로 회전시킨 당주 그로울리가 머리 위를 쳐다봤다. 자신을 비추는 빛이 그림자에 싹 가려졌기 때문이다.

위에 있나?

노인이 쳐다본 것은 달. 그 달빛을 가리면서 그것이 공중에 떠 있었다.


——적합형 신성변이(神星變異) 「■리■■」(통칭, 피험자 「E」)


칠흑의 드레스.

까마귀 깃털처럼 새까만 성령광이 가득 차올라 달빛을 뒤덮었다.

무섭도록 요염한 여성의 육체미도 느껴졌지만 뭔가 확실하진 않았다.

그 피부가 그림자를 덮어씌운 것처럼 새까맸기 때문이다.

두 눈동자만 별같이 형형하게 빛나고 있었다. 당주 그로울리조차 숨을 멈추고 쳐다볼 수밖에 없는, 인지(人智)의 영역을 초월한 괴물이 거기 있었다.

"……마녀……인가."

성령술사라는 의미가 아니라, 세계에 재액을 가져오는 악의의 상징.

그렇다. 과거에 제3왕녀 시스벨은 이 괴물을 목격하고 공포에 질려 방에서 한 발짝도 나가지 못하게 된 것이었다.

그 미지의 괴물이──.

「아아, 유감이야. 아직 「소리」가 흐트러지네.」

"……뭐라고?"

「완전 완성(完星)과는 거리가 멀어. 아직 성령이 잘 녹아들지 않아서.」

이중 음성. 반할 정도로 아름다운 여자 목소리와 정체불명의 괴물 목소리가 섞인 혼돈의 음성이 울려 퍼졌다.

「만민이여, 다 같이 우러러보라.」

달을 가리고 부유하는 검은 마녀가 양팔을 벌렸다.

오페라 극장의 가수처럼.

──「별의 레퀴엠(진혼가)을 들려줄게.」

몇 시간 후.
지나가던 성령 부대가 당주 그로울리의 휠체어만 발견했다.

───────────

아침 해가 뜨고.
네뷸리스 왕궁에 전해진 속보는 모든 가신과 병사들을 전율하게 만들었다.
절대안정 한 명.
──여왕 밀라베어 루 네뷸리스 8세(생명에는 지장 없음).
행방불명 세 명.
──루 가문 제1왕녀 일리티아(제국군에게 납치됨).
──루 가문 제3왕녀 시스벨(루 가문의 별장에서 제국군에게 납치됨).
──조아 가문 당주 그로울리(일절 불명, 목격자를 찾는 중).

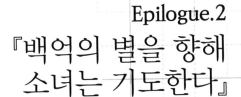

Epilogue.2
『백억의 별을 향해
소녀는 기도한다』

the War ends the world /
raises the world

온통 새하얀색이었다.

얼룩 하나 없는 하얀 페인트로 칠해진 바닥과 천장과 벽. 자신이 누워 있는 침대도 흰색.

"……여긴 어디죠……? 아, 아야."

몸을 일으킨 순간, 뒤통수가 심하게 욱신거렸다.

조심조심 손으로 만져봤더니 살짝 튀어나온 혹이 느껴졌다. 뭔가에 머리를 부딪쳐 기절했던 걸까.

"이스카?"

가냘픈 목소리로 불러본 이름은 헛되이 방 안에 메아리쳤다.

"……미스미스 대장? 네네 씨? 진?"

자신을 호위하던 제국 부대는 어디 있는 거지?

루 가문의 별장에서 자신은 탈리스만 경의 사병들을 피해 필사적으로 도망치고 있었다. 그런데 그다음부터가 기억이 안 났다.

"아, 아니, 이럴 수가?!"

새삼스레 방을 둘러본 제3왕녀 시스벨은 놀라서 숨을 들이켰다.

**문이 없었다.** 나는 어떻게 이 방에 들어온 걸까? 성령술? 아니면 어딘가에 비밀문이 있는 걸까?

"…………."

서서히 불안이 현실미를 띠기 시작했다.

이스카를 비롯한 제국 부대는 여기 없었다. 혼자 방 안에 남겨졌고, 그 방에는 출입문도 없었다.

이 상황에서 추측할 수 있는 것은 단 하나.

"……나는…… 납치된 거군요……."

기억을 더듬어봤을 때 그 범인은 히드라 가문밖에 없었다.

아마도 여기는 태양의 탑의 어느 한 방일 것이다. 다른 왕가에는 알려지지 않은 비밀의 방이 한두 개쯤 있어도 이상하진 않을 것이다.

그런데 나를 납치해서 뭘 어쩌려는 거지?

등불의 성령이 있으면 여왕 암살 계획의 주모자가 히드라 가문이란 사실이 들통나고 만다. 상대가 그것을 위험시하는 것은 확실했다.

입막음? 아니, 그렇다면 이런 밀실에 가둬두진 않을 것이다.

루 가문에 대한 인질인가?

아니면 자신의 힘을 어딘가에 이용하기 위해 회유책이라도 준비해놓은 걸까.

"말도 안 돼요. 누가 당신들한테 복종할 것 같아요?!"

아무리 크게 외쳐도 소리가 벽에 반사될 뿐이었다.

그것을 알면서도 시스벨은 목에서 소리를 쥐어 짜냈다. 지금 당장이라도 공포에 짓눌릴 것 같은 자신을 고무하기 위해서.

……지지 않을 거예요. 시스벨, 용기를 내요.

……나는, 이런 일을 처음 겪는 게 아니잖아요?

과거에 경험한 적이 있었다.

이런 식으로 적에게 잡혀서 지금보다 더 처참한 죽음과 굴욕의 위기에 처했던 그 무서운 기억을 떠올렸다. 그때와 비교하면 두려워할 것은 하나도 없었다.

"_____."

가슴에 손을 대고 마음을 가라앉혔다.

기억해. 그런 절망적인 상황에서도 구원의 손길은 있었어. **나를 제국군의 감옥에서 해방시켜준 비상식적인 제국 병사가 있었잖아.**

"쉿, 가만히 있어. 지금 거기서 꺼내줄게."

"어째서? 나를…… 도망치게 해주는 거야……?"

그때부터 쭉 믿어왔다.

지금도 그렇다. 확신이 있었다. 어떤 궁지에 빠져도, 제907부대는 자신을 버리지 않으리라는 확신.

"……그걸 내가 안 믿으면 어떡해요?!"

옷자락을 꽉 쥐었다.

어깨를 부르르 떨면서 입술을 깨물었다.

"이 별을 인도하는 성령들이여. 제발 부탁이에요."

별에 소원을.

기도에 신비스러운 힘이 있다면 나는 몇 번이라도 기도할 것이다.

"제발 제907부대에게, 내 목소리를 전해줘요……!"

## 후기

별의 운명이 초래하는 것은 결별인가, 아니면······?

「너와 나의 최후의 전장, 혹은 세계가 시작되는 성전」 7권을 읽어주서서 감사합니다.

1장이 시작되자마자 전력으로 펼쳐지는 화려한 난투극 편. 어떻게 보셨나요?

7권의 주제는 「세대교체」입니다.

제국·황청 각각의 정예병들이 치열하게 싸우는 가운데, 한 자루 검이 여왕에게 날아들었고──.

네뷸리스 황청이라는 나라 그 자체의 변혁. 그리고 제국과의 관계도 이전보다 훨씬 더 격렬하게 변화될 것 같네요.

그리고 가장 중요한 것──.

여왕과 초월의 마인이라는 구세대의 두 사람이 말려들었던 운명에, 새로운 세대의 이스카와 앨리스가 어떻게 대처하느냐······ 하는 이야기를 여러분께서 즐겁게 봐주셨다면 저도 기쁠 겁니다.

네, 그럼 여기서 막간을 이용해서──.

이 7권은 말이죠. 본편을 이야기하기 전에 먼저 이야기해야 할 것이 있는데요.

……그게, 그러니까.

…………

책이 늦게 나와서 정말 죄송합니다!

실은 「너와 나의 전장」의 전개를 생각해서 고심 끝에 간행을 미룬 것이었는데, 독자 여러분 중에서 '혹시 사자네가 어디 아픈가?' 하고 걱정해주시는 분도 계셔서요. 오래 기다리시게 해서 죄송합니다.

결론부터 말씀드리자면 저는 건강합니다.

이미 「너와 나의 전장」 8권 원고도 거의 완성했어요. 여러분이 7권을 오래 기다려주신 만큼, 이제는 즐거운 소식을 많이 전해드릴 수 있을 것 같습니다.


네, 그러면.

다시 본편 이야기로 돌아가서.

이스카와 앨리스, 여왕과 초월의 마인의 이야기뿐만 아니라 이번 편에서는 또 하나의 주제가 있었습니다. 바로 순혈종 VS 사도성이라는 정예들끼리의 격돌이죠. 7권 간행이 많이 늦어졌습니다만, 그만큼 알차게 꽉꽉 채운 내용을 여러분께 보여드릴 수 있었으면 좋겠어요.

개인적으로도 기억에 남는 장면이 여러 개 있는데——.

순혈종 키싱과 메이는 혈기왕성한 애들끼리의 대결이라고 할까요. 결사적이지만 왠지 밝은 느낌이 들죠.

당주 그로울리와 네임리스는 서로 의도치 않게 「세대교체」란 주제를 건드린, 숙련된 베테랑 역할이라고 할 수 있고요.

제국과 네뷸리스 황청의 정의(正義)――.

이 7권에서는 습격을 당하는 황청 측에 주로 초점을 맞췄는데요. 제국 측에도 양보할 수 없는 신념이 있습니다. 그런 것이 메이나 네임리스의 언동 구석구석에 배어든 전투를 연출하고 싶어서 오래전부터 이 에피소드를 준비해왔습니다.

그런 두 대국의 뿌리 깊은 인연 전체가――.

최종적으로는 이스카와 앨리스의 운명(사랑)에 집약된다는, 「너와 나의 전장」을 상징하는 듯한 스토리가 이 7권의 내용이었기를 바랍니다.

그리고 다음 권인 8권도 전력으로 진행될 겁니다.

아마 겨울에 간행될 것 같아요.

황청 동란 편의 클라이맥스. 다음은 전투뿐만 아니라 사랑 요소도 듬뿍 추가할(?) 예정입니다. 여러분, 기대해주세요!

▶추가

구세대 두 사람(밀라와 샐린저)의 에피소드도, 두 사람의 첫 만남부터 비밀스런 사건까지 이것저것 쓰고 싶은 것이 정말로 많아서…… 언젠가 번외로 한 편 써보고 싶습니다!

네, 그럼.

감상문은 여기서 마치고 이런저런 소식을 알려드리겠습니다.

다음 달(10월)에 「판타지아 문고 대감사제」 이벤트가 도쿄 아키하바라에서 개최되는데, 거기서 사인회를 하게 되었습니다!

▶「판타지아 문고 대감사제 2019」 사인회

10월 20일(日)

전시회장 「베르사르 아키하바라」. (아키하바라 역 근처)

멜론북스 아키하바라 1호점에서 추첨권도 배포합니다!

이 책이 출간될 무렵에는 판타지아 문고나 사자네의 Twitter에서도 상세한 정보가 공개될 겁니다. 사인회는 몇 번 해봤는데, 판타지아 레이블에서 주최하는 사인회는 실은 이번이 처음이라서 저도 무척 기대됩니다.

게다가 놀랍게도!

이번에는 판타지아 문고 대감사제 이벤트이므로, 이날은 전시회장에서 「너와 나의 전장」 굿즈도 전시 및 판매를 한다고 합니다. 시간 있으시면 꼭 한번 놀러 와주세요!

▶「너와 나의 전장」 만화 안내

영 애니멀이라는 잡지에서 만화가 연재되고 있습니다. 작화는 okama 선생님.

이 만화도 얼마 전에 단행본 2권이 간행됐습니다. 원작 1권의 클라이맥스가 수록되어 있고요. 최신 잡지 연재분은 원작 3권 초반입니다.

이 만화도 소설과 같이 즐겁게 읽어주시면 좋겠어요.

그리고 「너와 나의 전장」과 동시에 진행 중인 이야기도 소개하겠습니다.

● MF 문고 J

「어째서 아무도 나의 세계를 기억하지 못하는 걸까?」 (어째서 나)

현재 7권까지 간행됐고 8권 집필 중입니다.

이쪽도 소설과 만화책이 각각 재판을 거듭하면서 크게 호평을 받고 있습니다. 실은 7월에 「어째서 나」 사인회도 개최됐는데요. 와주신 분들께 진심으로 감사드립니다!

이제 마지막으로 감사 인사를 드리겠습니다.

일러스트레이터인 네코나베 아오 선생님.

키싱의 매력을 120퍼센트로 표현한 아름다운 커버 일러스트를 그려주셔서 감사합니다. 무수히 묘사된 「가시」가 아름답고도 섬뜩하더라고요. 매력 넘치는 키싱을 더 많이 활약시키고 싶다는 생각이 들었습니다!

담당자 Y 편집자님.

단편과 장편을 꼼꼼히 읽어주시는 것은 물론이고 또 「너와 나의 전장」과 관련된 온갖 이벤트를 위해 최선을 다해주고 계시지요. 그 모든 작업을 하나하나 세심하고 배려 넘치게 해주셔서 정말로 기쁘고 감사합니다. 지금부터가 진짜 중요하다고 생각합니다. 앞으로도 많이 도와주세요. 잘 부탁합니다!

그리고 다른 누구보다도 7권을 읽어주신 모든 독자 여러분께 진심으로 감사드립니다.

검사 이스카와 마녀 공주 앨리스의 이야기——.

제국과 네뷸리스 황청이 신시대의 국면을 맞이하는 가운데, 별의 운명은 두 사람을 끌어들이면서 더더욱 빠르게 움직일 것입니다.

세계가 격동하는 제8권을 기대해주세요.

그럼 이만——.

겨울에 발매될 예정인 「너와 나의 전장」 8권에서 만나길 기대하겠습니다.

그리고 다시 한번 말씀드리지만, 혹시 괜찮으시다면 「판타지아 문고 대감사제 2019」에도 한번 놀러 와주세요.

(틀림없이 볼거리가 많을 거예요……!)

한여름 한낮에, 사자네 케이

보너스

사자네의 개인 트위터 https://twitter.com/sazanek

최신 정보 등을 올립니다. 괜찮으시다면 종종 보러 와주세요!

"박수갈채로 맞이하라!
이 세상에서 가장 격렬한 분노다.
제국을 멸망시키기 위한!"

네뷸리스 여왕이 쓰러지고 황청의 정권이 크게 흔들린다.
제국에 대한 증오를 간직한 채,
네뷸리스 3대 혈족이 각자의 야망을 이루려고 움직이기 시작한다.
한편 이스카는 납치된 시스벨을 되찾기 위해 앨리스에게 거래를 하나 제안한다.
서로의 목적을 아는 상황에서 앨리스가 내린 결단은——.

**지고의 마녀와 최강의 검사의 무도, 제8막!**
**마녀의 낙원이 붕괴되고, 새로운 시조의 혈맥들이 활동을 개시한다!**

# 너와 나의 최후의 전장 혹은 세계가 시작되는 성전 8

KIMI TO BOKU NO SAIGO NO SENJO, ARUIWA SEKAI GA HAJIMARU SEISEN 7
©Kei Sazane, Ao Nekonabe 2019
First published in Japan in 2019 by KADOKAWA CORPORATION, Tokyo.
Korean translation rights arranged with KADOKAWA CORPORATION, Tokyo.

# 너와 나의 최후의 전장, 혹은 세계가 시작되는 성전 7

2020년  2월 15일 1판 1쇄 발행
2020년 12월 15일 1판 2쇄 발행

| | | |
|---|---|---|
| 저        자 | 사자네 케이 | |
| 일 러 스 트 | 네코나베 아오 | |
| 옮 긴 이 | 한수진 | |
| 발 행 인 | 유재옥 | |
| 본 부 장 | 조병권 | |
| 담당편집자 | 조찬희 | |
| 편 집 1 팀 | 김민지 정영길 조찬희 | |
| 편 집 2 팀 | 김다솜 정지혜 | |
| 편 집 3 팀 | 김혜주 곽혜민 오준영 | |
| 편 집 4 팀 | 성명신 | |
| 라이츠담당 | 김슬비 한주원 | |
| 디 지 털 | 박상섭 이성호 최서윤 | |
| 발 행 처 | ㈜소미미디어 | |
| 인쇄제작처 | 코리아피엔피 | |
| 등        록 | 제2015-000008호 | |
| 주        소 | 서울시 마포구 토정로222, 403호 (신수동, 한국출판콘텐츠센터) | |
| 판        매 | ㈜소미미디어 | |
| 마 케 팅 | 우희선 이주희 한민지 | |
| 전        화 | 편집부 (070)4164-3962, 3963  기획실 (02)567-3388 | |
| | 판매 및 마케팅 (070)4165-6888, Fax (02)322-7665 | |

ISBN 979-11-6507-346-6 04830
ISBN 979-11-6190-511-2 (세트)